異世界でお兄様に殺されないよう、精一杯がんばった結果

①

人物紹介
レイフォールド
デズモンド伯爵家当主、王城直属騎士団所属。マリアの義兄。隣国の王族の血を引いている。珍しい闇の魔力を有する騎士団随一の魔法騎士。小説ではマリアを殺し、『血まみれの闇伯爵』と呼ばれる。
マリア
デズモンド伯爵令嬢。前世に読んだ小説で断罪されるキャラ『偽聖女』が自分であると気づき、小説とは違う未来を模索するが、なぜか聖女の力が発現してしまう。おっとりした小心者。

クロエ
ダールベス侯爵の養女。
妖艶な美女で、ダールベス侯爵の謀略に加担するが……。
ダールベス侯爵
ダールベス侯爵家当主。
王国の実権を握ろうと画策する。
マリアの両親を殺害した黒幕。
エストリール
王太子。
明るく爽やかだが少々チャラい性格。聖女となったマリアに興味を示す。
ミル
デズモンド伯爵令息。
マリアの弟。優しく素直で、マリアにもレイフォールドにも懐いている。
リリア
マリアの親友。小説では『聖女』キャラだが現実では聖女の力が発現しない。面倒見がよく親切な美少女。

異世界でお兄様に殺されないよう、精一杯がんばった結果 1

Contents

第1話　怖くて強くて、やっぱり怖いお兄様

裸足《はだし》で私は走っていた。

必死になって逃げ道を探すけれど、涙で視界が歪み、周囲がよく見えない。

石畳の冷たさも、痛みも感じなかった。ただ息苦しく、泥の中にいるように体が重い。

「マリア」

背後からかけられた声に、私は泣きながら振り返った。

「お兄様……」

背の半ばまで伸ばされた艶やかな黒髪、切れ長の黒い瞳。すっと通った鼻筋に、酷薄そうな薄い唇。

まるで月の精霊のように麗しい姿をした男性が、そこに立っていた。

レイフォールド・ラザルス・デズモンド伯爵。

どこか作り物めいた美しい顔を歪め、お兄様はすらりと腰から長剣を抜き放った。その禍々しい黒い長剣に、私は息を呑んだ。

殺される。お兄様に殺される……。

私は恐怖から足をもつれさせ、その場に尻もちをついた。助けを求めて周囲を見回したが、広場に集まった群衆からは「偽聖女」と侮蔑の眼差ししか返ってこない。

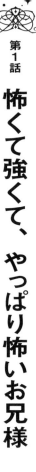

「お、お兄様、助けてください」

私は泣きながらお兄様に懇願した。

わかってる、何を言っても無駄だって。聖女を騙った自分が悪いんだって、わかってるけど。

「マリア」

お兄様の瞳が、ほんの一瞬、迷うように揺らいだけれど、

「あの世で慈悲を乞え」

黒い長剣を振りかぶり、お兄様が言った。

ウソでしょ、ほんとに私、殺されるの⁉

助けて、誰か、助けて――。

「たすけてっ！」

悲鳴のような声に、はっと私は目を開けた。

動悸が激しく、息がうまく吸えない。汗びっしょりの額に手を置き、私は荒い呼吸をくり返した。

え。私、生きてる……？　ということは、

「夢……」

そうだ、あれは夢だ。……ていうか、小説の内容だ。

そう自分に言い聞かせ、私は呼吸を落ち着かせた。

目を閉じて、先ほどまでの夢の内容を思い出す。お兄様に追いかけ回され、王都の中央広場で公開処刑、という最悪の夢。

この悪夢は、ある意味、夢ではない。近い将来、私の身に起こるであろう予言のようなものだ。

私はゆっくり寝返りを打つと、カーテン越しに差し込むまぶしい朝日に目を瞬いた。

しばらく見なかったこの悪夢を、ここ最近、また見るようになった。

原因はわかっている。私の卒業を控え、進路についてお兄様と毎日衝突しているからだ。

今日も学院から戻ったら、お兄様の執務室に顔を出すように、と厳命されている。

ヤだなあ、どうせ今日も進路についてしつこく言われるんだろうなあ。

いつもなら、お兄様怖さに自分の意見など秒で撤回しているところだが、今回ばかりはそうはいかない。でなければ私は、今朝の悪夢通り、お兄様に殺されてしまうだろう。

なぜ断言できるかと言えば、私に前世の記憶があるからだ。

前世、私のいた場所は、魔法も魔物も存在しない、不思議な世界だった。そこで私はどう生きてどう死んだのか、その記憶は曖昧でよく覚えていない。ただ一つ、覚えていることは……。

夢の中で長剣を振りかぶるお兄様を思い出し、私はぶるっと身震いした。

絶対にあんな惨殺エンドは回避したい。そのためなら、怒れるお兄様に立ち向かうことくらい……、でき……なくも、ない、はず！　死ぬよりはマシだ、たぶん、きっと！

そう自分を奮い立たせ、学院から帰宅後、私はお兄様の執務室に向かった。のだが……。

「おまえはバカか」

うなだれる私に、氷のような声が突き刺さる。

あー、もう心が折れそう……。

お兄様、騎士としての仕事が忙しく毎日深夜に帰宅していたのに、ここ最近はお説教のため、夕食前には屋敷に戻っている。どんだけ私の進路が気に食わないんだ。

「わたしの話をちゃんと聞いているのか？　マリア」

ドスの聞いた声が耳の横で聞こえ、私は飛びあがった。

「あっ、ああ、もちろん、もちろんです！　めちゃくちゃ聞いてます、レイ兄様！」

横を向くと、息がかかるほど間近に、お兄様の顔があった。

ひいぃ！

今朝見た悪夢そのままの、死神のように冷え冷えとした空気をまとった美貌の青年がそこにいた。

お兄様は、その退廃的な美貌と傲慢な態度、珍しい闇属性の魔術を使えることもあいまって、『闇の伯爵』と揶揄されている。

ていうかお兄様は、闇だけでなく氷属性の魔術もとっても得意なので、その気になれば、私なんか一瞬で氷像にできる。

これまでの人生、私はなるべく、お兄様の機嫌を損ねないように配慮して生きてきた。

しかし、今回ばかりは引くわけにはいかない。私の今後の人生……というか、端的に言って命の危機に関わるからだ。

だがそれが、淑女にあるまじき選択であることもわかっている。だからお兄様が怒ってるんだけど……。

貴族の子女は、十二歳になると皆すべからく国立魔術学院に入学し、六年後に卒業する。

卒業後、男子はそれぞれ能力や縁故、政治的配慮により、騎士や文官、領地経営などの道に進む。女子はだいたい、二択だ。宮廷に出仕するか、嫁にいくか。

……でも、どっちも私には無理だ。

元々引っ込み思案な性格だったところに、前世異世界の記憶が災いして、私はよく言えばおっとり、悪く言えばどんくさく育った。

権謀術数張り巡らされ、足の引っ張り合いが通常運転な宮廷で働くなんて、絶対に無理。

かといって、貴族の嫁として夫の顔を立て、婚家および実家両方を引きたてるよう、社交術を駆使して貴族間をうまく立ち回るなんてことも不可能だ。

——というようなことを、レイ兄様に訴えてみた。

すると、珍しくお兄様が言葉に詰まった。

「ね？　そう思うでしょ？　私にできると思う？」

「それは……」

レイ兄様の困ったような表情に、私は胸を張った。

フッ。勝った！

「なにを偉そうな顔をしている」

お兄様に不機嫌そうに睨まれた。

「おまえが出仕できぬのも、他家に嫁げぬのも、まあ……仕方がないかもしれん。だが、だからといってなぜ家を出て、フォール地方のような田舎《いなか》に行かねばならんのだ」

「いや、逆に聞きたいんですけど、出仕もせず嫁にもいかず、家を出ることも駄目なんて、それじゃ私にどうしろって言うんですか？」

「家にいればよい」

お兄様は、当たり前のような顔でしれっと言った。

「いやいや、無理でしょ」

「無理ではない」

真面目な顔で無理を言うお兄様に、私は珍しく正論を説いた。

「学院を卒業したのに、何もせず遊んで暮らせるほど、我が家は裕福ではございません」

デズモンド家は、由緒だけはあるが富とは縁のない家柄だ。

「……たしかに我が家は裕福ではないが、おまえ一人くらい」

「それに、そのような娘はデズモンド家の恥でございます」

「誰がそのようなことを」

「お兄様がおっしゃいました」

「…………………」

ウソじゃないもんね。

レイ兄様、ほんとに言ったもんね。

「実家の金を湯水のごとく使い、遊んで暮らすことを良しとする令嬢など、その家の恥だ。そのような令嬢を妻と呼ぶ気はない」って。

そう言って、王国屈指の権力者である、マイヤー侯爵家からきた縁談をぶった切ったのは、お兄様ご本人！

ふはは、己の発言には責任を持ちましょうね、お兄様！

「……だが、なぜフォール地方なのだ」

お兄様が食い下がった。

「あのような、都から馬車で一週間もかかるような田舎」

「一応、我が家の領地ですよレイ兄様」

デズモンド伯爵家の、広さだけはある（半分は森）が、人口が少ない（人より猪のほうが多い）領地、フォール地方。

冬は凍死者も出る寒冷地だが、その分、夏は過ごしやすい。

たま～に貴族の老夫婦が、避暑地として遊びに来ることもある観光地（と行政官は言い張っている）だ。

いろいろ注釈はつくが、私はフォール地方が好きだ。

子ども時代を過ごしたせいか、フォール地方に帰るとほっとするのだ。

「お兄様、私に王都は合いません」

「合う、合わぬの問題ではない」

お兄様がじろっと私を睨みつけた。その迫力に、思わず悲鳴が出かかったのを、私はぐっとこらえた。

いつもならこの辺りで「申し訳ございませんすべて私が悪うございました！」と全面降伏するのだが、今回ばかりはそうはいかない。

私の今後の人生がかかっているのだ。

「お兄様が何とおっしゃろうと、私、卒業後はフォール地方へ参ります！」

高らかに私が宣言すると、お兄様の周囲に暗黒のブリザードが吹き荒れた。

お兄様、マジで人を氷漬けにするのはおやめください！

「そもそも、なぜフォール地方なのだ」

ひとしきりブリザードの嵐を吹き荒れさせ、お兄様のお説教タイム終了かと思いきや、まだ言っている。

夕食がマズくなるからやめてほしい。せっかく、私とお兄様と弟のミル、三人そろって夕食を取れる貴重な時間なのに。

秋からはミルも国立魔術院に入学するし、三人で食事することも少なくなる。

寂しくなるなあ、と感慨深くお肉をもぐもぐしている私に、レイ兄様がさらに言った。

「フォール地方など、王都より給与も待遇も良いとは、とても思えぬが」

「お兄様、食事中ですよ。もっと違う話題を」

「マリ姉さま、僕も聞きたいです」

ミルが思いつめたような表情で言った。

金茶のくるくる巻き毛に、大きな淡い緑色の瞳をした、私よりも美少女顔な弟。

可愛《かわい》い。間違いなく天使。

ちなみに私は地味な榛色《はしばみ》の髪に同じ榛色の瞳をしている。

親しい友人からは「よく見ると美人なのに、地味だよね」と、褒められているのか貶されているのかわからない評価を下された。

「フォールなんて、どうしてそんな遠くに行ってしまうのですか？　姉さまに何かあったら、誰が姉さまを守るのですか？」

そんな、目をうるうるさせてこっち見ないで。私が極悪人みたいじゃないの！

「ミル、そんな深刻に考えないで。フォール地方はたしかに田舎だけど、その分、治安は王都よりいいのよ。お年寄りと子どもが多い地方だからね」

私の言い訳を、苦虫を噛みつぶしたような顔でお兄様が聞いている。

そんな顔したら、料理がマズかったんじゃないかってメイドが気にするでしょうが。

「フォールに行って、何をするつもりなのだ」

レイ兄様が、背景に暗雲をただよわせながら言った。似合うけどやめてほしい。

「向こうには癒やしの魔術を使える人間が少ないそうですので、治療院で働こうかと」

私程度の魔力の持ち主は、王都には掃いて捨てるほどいるが、田舎にいけば話は別である。

魔力があるというだけで重宝されるのだ。

「贅沢はできませんが、私一人ならなんとか食べていけるくらい、稼げそうですわ」

実はもう、フォール地方に一軒だけある治療院に問い合わせ、就職後の給与や待遇について、詳しく調べ上げてある。

新しい癒やしの魔術師が来る！　と向こうは大喜びしてくれていた。ありがたい話である。

「……我が家が貧乏だから、フォールに行って働くということか？」

お兄様が、地を這うような低い声で聞いた。

ミルが怯えるのでやめてほしい。

「いや、貧乏って……、まあ貧乏ですけど。私はバカですから、お兄様のように飛び級もできず学費がかかってしまいましたし、玉の輿に乗って実家にお金を入れることも無理そうですので、せめて迷惑がかからないようにと」

「迷惑だと⁉」

くわっと目をむいたレイ兄様の形相に、私とミルは手を取り合って悲鳴を上げた。

「ももも申し訳ございません！」

「お、お兄さま、僕からも謝りますごめんなさい！」

私たち二人の謝罪に、お兄様がふう、とため息をついた。

ただ息を吐いただけなのに、妙に色っぽいというか、退廃的耽美的な空気がお兄様の周囲にただようのは何故なんだ。

さっきまで怯えていたメイドまで、頬を赤らめてこっち見てるし。

「あの、お兄様……」

「なんだ」

「伯爵令嬢が平民に交じって働くなど、デズモンド家にとって醜聞になるということでしたら、籍を抜いていただいても……」

「きさま！」

お兄様が椅子から立ち上がった。

「ちょ、お兄様、まだお食事の途中です！」

「だから何だ！」

お兄様はテーブルをまわり、私の横に立った。

「お、おに、おに……」

「鬼だと？」

誤解ですー‼

レイ兄様はテーブルに手をつき、ぐいっと私に顔を近づけた。

「おお落ち着いて、レイ兄様、どうどう」

「わたしは馬ではない」

レイ兄様の射抜くような眼差しに、私は震え上がった。

「鬼だの馬だの、きさまはいったい、わたしを何だと思っている」

吐き捨てるようにお兄様が言った。

「お兄さ……」

「挙句の果てには、籍を抜けだと？　ハッ！」

お兄様は嘲るように笑い、私の顎をつかんだ。

私を見るお兄様の目が据わっている。

こ、こわい。いつも怖いけど、いつもの十倍くらい怖い。

「これだけは言っておく。きさまをデズモンド家の籍から抜くなど、天地がひっくり返ってもありえぬ話だ。そのようなたわ言、二度と口にするな。もし口にしたら……」

「しません しません」

お兄様は、私の目を見つめながら、ひと言ひと言、刻みつけるように言った。

「いいか、誓ってきさまを監禁してやる。手足を縛ってでも、わたしの魔力すべてを使ってでも、おまえを放しはせぬ。死んでも無駄だ。氷漬けにして、一生わたしの傍に置く」

ヒィイイイ！　なんという堂々とした犯罪宣言！

「わかったか？」

「めちゃくちゃよくわかりました！」

怖いよ怖いよ、助けておまわりさん！

怯える私に、なぜかお兄様が傷ついた表情をした。

いや傷つくの私のほうでしょ⁉

「マリ姉さまは、どうしてフォールに行ってしまうのですか？」

恐怖の食事の後、ミルは私の部屋へ来てソファでごろごろしていた。

行儀の悪さを叱るべきなのだろうが、あまりに可愛いので叱れない。

部屋にいるメイドも、にこにこしてミルを見ている。

「……さっきも言ったでしょう？　フォールには働き口もあるし」

「それなら、別にフォールに行かなくてもいいですよね？　王都なら、フォールよりもっと条件のいい働き先があるのでは？」

ミルの指摘に、私はうぐっと言葉に詰まった。

そうなのである。

貴族の令嬢が、国立魔術学院卒業後、嫁にもいかず宮廷に出仕もしないのは、たしかに異例である。

だが、異例ではあるが、皆無というわけでもない。宮廷にまったく縁故のない貧乏貴族の令嬢などは、裕福な貴族や豪商の子女の、家庭教師になるという道があるのだ。

実際、同じクラスの友人にも、二、三人、そうした就職をする子がいた。

だが、それと私のケースはまったく別だ。

あくまで上流階級の枠組みの中で働くのと、平民に立ち交じって働くのとでは、天と地ほどの差がある。

クラスの中でも、「なにも平民と一緒に働かなくても……。良かったら、家庭教師の口を紹介するわよ？」とこっそり耳打ちしてくれた子がいたくらいだ。

みな、私がどんくさいがために、王都で働けそうな口を見つけられなかったのだと憐れんでくれているのだ。優しさがツラい。

だが、私は王都にいるわけにはいかないのだ。

私はため息をつき、ソファに寝そべってこちらを見上げるミルの頭を撫でた。

「いい子ね、ミル。もうお部屋に戻ってお休みなさい」

「マリ姉さま……」

ミルがしょんぼりとソファから降り、私に礼をする。可愛い紳士。私の天使よ。

「お休みなさい、マリ姉さま」

部屋に戻るミルを見送って、私はもう一度ため息をついた。

いっそ、本当のことをぶちまけてしまおうか、と気持ちが揺れるのはこんな時だ。

ミルも、レイ兄様も、なんだかんだ言って私のことを気にかけてくれている。

ていうか、レイ兄様、過保護すぎ。

働きもせず嫁にもいかず、ずっと家にいろとか、貧乏なのにニート推奨してどうする。

まあ、それくらい私のことを心配してるってことなんだろうけど。

だけど……。

さすがに無理だ。

前世で読んだスプラッター小説が、この世界に酷似しているから、その血まみれ破滅エンドから逃れるために王都から離れますなんて、とても言えない。そんなこと言ったら、精神に異常をきたしていうんじゃないかと疑われ、よくて屋敷に軟禁、悪ければどこぞの療養施設に強制隔離だろう。

私は、本日何度目かのため息をついた。

そう。なぜかわからないが、私には前世の記憶がある。

ただその記憶はあいまいで、前世の自分がどういった境遇のなんという名前だったかということなどはまったく思い出せない。

わかっていることはただ一つ。この世界は、前世で読んだスプラッター小説に瓜二つだということだけだ。

あまりに突拍子もない話だし、夢か勘違いじゃないかと何度も疑ったが、それにしては思い当たることが多すぎる。

複雑な出生の秘密を持つ闇の伯爵。デズモンド伯爵家とリヴェルデ王国。気のせいだというには、あまりにも符丁が合う。

しかも、今のところその小説通りに、現実の世界も進んでしまっているのだ。

このままだと、私はいずれ、お兄様に……。

夕食でのレイ兄様を思い出し、私は身震いした。

あれは怖かった！

ここ何年かでも、ベストスリーに入る迫力でした！　さすが闇の伯爵！

小説の中でも、レイ兄様は「闇の伯爵」と呼ばれてたっけ。

そんで小説ラスト部分では「血まみれの闇伯爵」にレベルアップしてたな……。

小説ではとにかくバンバン人が死ぬんだけど、スプラッター小説だけあって、その死に方がエグいのだ。特にお兄様が関わると、そのエグさがグレードアップする。

私は遠い目になってソファに寝ころがった。

「お嬢様、はしたないですよ」

メイドが私に注意した。

ミルには何も言わなかったくせに、私には一瞬の躊躇もないのね。

まあミルと私では、可愛らしさに差がありすぎるから、わかる気もするけど。

……お兄様も、そうなのだろうか。

小説の中で、ミルは命を助けられるのだが、私はお兄様の手によって首を刎ねられ、殺されるのだ。妹を自ら手にかけたことで、お兄様は「血まみれの闇伯爵」と呼ばれるようになる。

小説を読んだ時は、あーこの伯爵、いかにも人を殺しそうだしね、そうか妹を殺すか、鬼畜〜としか思わなかったけど。

我が身にふりかかる出来事となれば、恐怖しかない。

しかも、お兄様直々にって、なんでよ。なんで伯爵様が、自分の妹をわざわざその手で殺すのよ。いるでしょ、死刑執行人がちゃんと他に！　と、恐怖と理不尽さに泣いたっけ。

ていうか、私だって一応、伯爵令嬢なんだから、せめて服毒死とかさ……。

苦しまずに死ねる、いい薬あるじゃん……。なにも、お兄様みずから妹の首刎ねなくてもいいじゃん……。

前世の記憶を取り戻してから、私はそんな風にやさぐれた。

小説の中では、私は学院卒業一年後に、お兄様に殺されてしまう。まさに今朝の悪夢の通りに。

場所は王都の中央広場、助けてぇ～と涙ながらに懇願する私の背を踏みつけ、お兄様は「あの世で慈悲を乞え」と私の首を一刀両断するのである。

ヒドい！　けど似合ってる！

いま現在、お兄様と私の関係は、おおむね良好だと思う。

バカだのアホだの罵られてはいるが、なんだかんだ言って、お兄様が私を気づかってくれるのを、うっすら感じることもある。

ただ、お兄様は私の首を刎ねたりなんかしない！　とは断言できないというか……、事と次第によってはやりそうだよな、と思わせてしまうあたりが、お兄様の普段の言動を物語っているのだ。

第2話 天使と悪魔と被害者で朝食を

翌日、食堂に現れたお兄様は、相変わらず不機嫌そうな顔で私を睨みつけていた。

朝から胃もたれしそうなのでやめてください。

「マリ姉さま、おはよー」

私の天使がやってきた。

「おはよう、ミル」

二人でにこにこしていると、お兄様が低い声で言った。

「マリア、昨夜《ゆうべ》の話だが」

朝から言うんかい。

「あ、あああの、お兄様、私これから所用がございますの。お兄様もお仕事がおありでしょう？　お話は、お兄様のお仕事がお済みの後でよろしいかしら？」

レイ兄様は仕事人間。ブラック企業もびっくりの仕事漬け生活を送っている。

仕事を持ち出せば、これ以上は食い下がれまい。ふはは！　と勝ち誇る私を、お兄様は眼光鋭く睨みつけた。

「……いいだろう。今夜、夕食の後にわたしの部屋に来い」

「……ハイ……」

退路をふさがれました。

もそもそとサラダを食べる私を、心配そうにミルが見ている。私は気を取り直し、ミルに微笑《ほほえ》みかけた。

「ミル、学院に行くための準備はもう済んだの？」

「うん、そんなに荷物もないし」

そうだね、家《うち》は貧乏だしね。

「学院では、剣技のクラスがあるはずだ。……わたしの剣を持っていくか？　ミル」

お兄様の言葉に、私もミルも驚愕した。

「……え、あの、レイ兄さまの剣って、あの、黒くておっきいあの剣ですか？」

「ええ、剣って、お兄様がいつも持ってる、あの縁起悪そうな剣？」

私の言葉に、お兄様がしかめ面になった。

「……縁起が悪いとは、何をもってそのような」

だって、その剣で私の首を刎ねたじゃん！　とは言えない。

なので私は、その剣について常々思っていた事実を伝えた。

「なんか、真っ黒で雰囲気が禍々しいから、縁起悪そうだな、って」

「…………」

お兄様が恨めしそうな目で私を見た。

「えと、あの……、僕にはちょっと重そうなので、遠慮しておきます」

そうだよねえ、あんな呪いの剣みたいなの、イヤだよねえ。とは言えず、

「そうね、ミルには少し大きいかもね。ミルには細剣がいいんじゃないかしら？」

「しかし、屋敷に細剣があったか？」

お兄様の言葉に、私は考え込んだ。

ふつう、男子が二人もいる貴族の家なら、武器もざっと一揃えは用意しておくものだが、我が家は貧乏な上、根っからの文官家系だ。

レイ兄様は騎士団随一の魔法騎士として都にその名を轟かせているが、これはデズモンド家としてはまったくのイレギュラー、異常事態なのである。

しかし、細剣か。

どうだったかなあ、後で倉庫を漁ってみるか、と私が考えを巡らせていると、

「あ、あの……、たぶん、父さまの部屋の机の脇にある、お道具箱に入っていると思います」

ミルが小さな声で言った。

「え、お父様の？　なんでそんなこと知ってるの、ミル？」

ミルはうつむき、ぽつぽつと言った。

「あの……、昔、父さまが僕に教えてくれたの。おまえは私に似て非力そうだから、将来、学院で剣を使う時は、細剣がいいだろう、って。父さまが使っていた剣を譲るから、それを使いなさいって」

その時、お道具箱を開けて見せてくれたの、とミルは言った。

へー。お父様、そんな武器を持ってたのか。ふだんまったく使わないから、道具箱に放り込んでたんだろうな。

ていうか、お父様が亡くなる前って、まだミルは六つかそこらだっただろうに、その頃すでにミルの将来を見越してたんだなー。

私が一人頷いていると、

「……そうか。父上が……」

レイ兄様がなぜかうなだれていた。

「父上は、ちゃんとミルのことを考えておられたのだな」

「偶然じゃないですか？　ただ、ミルには細剣が合うだろうっていう見立ては合ってると思いますけど」

私が言うと、ミルも笑って同意した。

「うん、僕、非力だし、運動苦手だから、レイ兄さまみたいに強くはなれなさそう」

ごめんなさい、とミルがお兄様に謝った。

「ミルはそれでいいのよ」

「そうだ、ミルは頭がいいしな」

レイ兄様が優しく言った。

私の時とは、えらい違いじゃないですか？

「よくあのお兄様に許してもらえたわねえ」

天気のよい昼下がりのカフェで、優しい友人にいたわられながら味わうスイーツは格別である。

「ううん、許してもらえてないの。今日もお夕食後に吊るし上げ……じゃない、お説教されそうだし」

私はチョコレートケーキをつつきながら言った。

あー、うまい。都を離れたらこのケーキを食べられなくなるのが、唯一の心残りだ。

「でも、お兄様のお気持ちもわかるわ。フォール地方は遠いもの」

リリアはふう、とため息をついた。

美しい紫色の瞳に愁いの影が差し、美少女度がさらにアップしている。

サラリと揺れる銀髪も美しい。眼福です。

「大切に守ってきた妹が、そんな遠くに行ってしまうなんて。お兄様もさぞお寂しいことでしょう。

……それに、マリアはこんなに綺麗なんだもの。それもあってご心配なんでしょうね」

わたしだって心配だわ、というリリアに、私は引きつった笑いを浮かべた。王国一といっていい美少女に綺麗と言われるなんて、嬉しさより申し訳なさを感じる。こんな地味顔を褒めていただいてすみません。

「私なんて、デズモンド家の目立たないヤツって立ち位置なんだから、そんな心配なんて必要ないのに」

卑屈でもなんでもなく、お兄様とミルに挟まれていると、自分が綺麗と可愛いの緩衝地帯になっ

ているなあ、と感じるのだ。

「まあでも……、大切に守ってきたかどうかはともかく、両親が亡くなってから、お兄様は私とミルを抱えて頑張ってこられたと思うわ。学院を卒業するなり、爵位を継ぐ羽目になって苦労しただろうし」

私は昔を思い出した。

両親が亡くなった時、お兄様はまだ十六歳だった。飛び級したので学院は卒業していたが、こちらの世界でも成人前だ。

私は十二歳でちょうど学院に入ったばかり、ミルにいたっては六歳だ。

デズモンド家は由緒ある家柄だが、代々当主が偏屈というか変わり者が多く、権力者におもねるということをしなかった。常に空気を読まない忠言をすることから、権力中枢からはつまはじきにされたが、一部のへそまがり王族からはたいそう重用されたらしい。

そうした事情から、デズモンド家は貴族社会で常に中立を保ち、親交のある家は皆無に近かった。

そのため、両親が亡くなった時も、急遽当主となったレイ兄様を助けてくれるような人物は、誰もいなかったのだ。

苦労しただろうな、というのは私でもわかる。

まあ、お兄様なら若さを侮られてマウントをとられても、あっさり返り討ちにしただろうけど。

「……でも、これでいいのよ。いつまでも一緒にはいられないもの」

主に私の命の危機的な意味でも！

「フォール地方は遠いわ」

リリアが悲しそうにうなだれた。

「どうしても行ってしまうの？　私はてっきり、マリアも王妃様にお仕えするものとばかり思って、楽しみにしていたのに」

うん、まあ、そんな話もあった。

たぶん、お兄様が裏で手を回してくれていたんだろうな。じゃないと、特に売りのない私が、王妃付きの侍女になんて推薦されるわけがない。

だからお兄様は、私がフォール地方へ行くと聞いて、あんなに驚いたのだ。

その時のことを思い出し、私はずーんと落ち込んだ。あの時のレイ兄様、なんか「裏切られた！」って顔してた。

そんなつもりじゃなかったんだけど、黙って話を進めたのはやっぱりマズかったかな。

でもでも、小説の中ではレイ兄様、私の首を刎ねたんだよ⁉

それは小説の中の出来事であって、現実とは違う、なんて言い切れない。

だって実際、あり得ないと思っていた出来事が起きたのだ。


六年前、両親が亡くなった事件のことだ。

小説の中では、私の学院入学のお祝いのため、私のドレスを選びに街に下りた両親が、馬車に轢かれて亡くなったと書かれていた。

だから私は、ドレスはおろか、手袋から靴にいたるまで、一切両親にはねだらなかった。

私のために街へ行って、それで両親が死んでしまうのを阻止しようとしたのだ。

だから両親は、街には行かなかった。

その代わり、ある日、両親はそろって王宮に謁見に上がった。

あの日のことは、よく覚えている。珍しく王宮に行くという両親に、何とはなしにイヤな予感を覚えたけれど、気のせいだと私は自分に言い聞かせた。小説の中で両親が亡くなったのは、街に下りたから。馬車に轢かれたからだ。厳重な警備の敷かれた王宮で、何の心配があるというのか。

しかし、あの日、両親は殺された。

王宮からの帰りに、何者かに襲われ、命を落としたのだ。

仮にも貴族が、王城からの帰りに殺害されたのだ。単なる夜盗の仕業のはずはない。

王都内で起きた襲撃ということもあり、いくつもの目撃情報があったにもかかわらず、結局事件は迷宮入りとなった。

実際に手を下した犯人が捕縛直後に自害したため、その裏で手を引いていた黒幕は、わからずじまいだったのだ。

原因を排除しても、結果は変わらない。

六年前、棺に納められた両親の亡骸を見て、私はそれを痛感した。

「マリア、少し休め」

「お兄様……」

お兄様は、自分も真っ青な顔色をしていたのに、両親の棺を前に呆然と立ち尽くす私を気遣ってくれた。子どもの頃から、お兄様は何のかのと言いながら、どんくさい私の面倒を見てくれた。不器用ながら、優しく接してくれたのだ。

だから私は、ここが前世で読んだスプラッター小説と同じ世界だと気づいても、両親が死ぬまでは、あまり危機感を抱くことなく、のほほんと生きてきた。

でも、両親の棺を前に、私は初めて無力感とともに恐怖を覚えた。

両親は、小説の通りに私が十二歳の時に死んでしまった。もし、これから先も同じように、小説の筋書き通り現実が進んでいくとしたら、そうしたら、私はお兄様に……。

怖い、と思った。

小説通りに、お兄様に嫌われ、軽蔑されて殺される未来になったら、どうしよう。

私は恐怖とともに、なんとか自分の生き残る道を探そうと決意した。

小説の中で、私の死に関わった人物は三人いる。

お兄様と王太子殿下と、聖女様。

実を言うと、この内、二人とはもう面識がある。

一人目は言うまでもなく、レイ兄様だ。兄妹《きょうだい》だからね、しょうがないね!

二人目はというと……、目の前で優しく私を見つめている、美少女リリア。後の聖女様である。

学院に入学した後、リリアと同じクラスになった時は緊張した。

なるべく関わらないようにしようと思ったのだが、なぜかいつの間にか親友ポジションになってしまい、頭を抱えたものだ。

でも実際、リリアは本当に優しくて可愛くて、突き放すなんてとてもできなかった。

私は可愛いものに弱いのである。

突き放すことができないのなら、自分から離れるしかない。

リリアが聖女の力に目覚めるのは、小説の中ではだいたい学院を卒業してから二、三か月後くらいだから、何としてもその前に王都を脱出したいのだ。

そして、王都を離れれば、もう一人の関係者、王太子殿下に会わずに済む。

さすがに王太子殿下に会わなければ、死亡フラグも立ちようがないだろう。

小説の中で、私は無謀にも王太子殿下に懸想し、殿下に目をかけられる聖女リリアに嫉妬する。

その挙句、自らも聖女であると偽って、リリアを陥れようとするのだ。

……ヒイィ、自分で言っててなんだけど、小説の中の私、度胸ありすぎないか。

聖女を偽るなんて、当たり前だが重罪だ。ウソが発覚すれば、間違いなく極刑が科されるってのに、そこんとこ考えなかったんだろうか。

いや、私には無理。お兄様にテストの点数ごまかしただけで、夕食が喉を通らないくらい小心者の私が、そんな国家的犯罪を犯せるわけがない。

……とは思うのだが。

それでも、両親の事件を考えれば、『絶対』なんてない。

いま現在、私は王太子殿下に会ったこともなく、リリアとは親友だが、この先、どうなるかはわからない。

どういう経緯でそうなるか、なんて想像もできない。

できないがしかし、このまま王都にいれば一年後、私はこの近くの中央広場でお兄様に背を踏まれながらザシュッと……、ううう、食欲なくなった……。

うなだれてチョコレートケーキをつつく私に、リリアは苦笑した。

「そんな顔しないで。フォールは遠いけど、たまには帰ってくるんでしょう？　……わたしも会いに行くわ」

「リリア……」

私は涙目でリリアを見つめた。

小説の中の私よ、なぜこんなに優しいリリアを陥れようとしたんだ。そんなに王太子殿下に夢中だったのか。

私のバカバカバカー‼


「おまえはバカか」

リリアと別れた私は、レイ兄様の部屋でまたもやお説教されていた。

癒やしの後にピンチあり。お兄様の氷点下の声音に、私はビビり散らかしていた。

ええ、私はバカです、その通りですよ……。

正面のソファに座ったお兄様は、優雅にお茶を飲んでいる。

私の前にもお茶は出されているが、とても飲む気になれない。いま飲んでも、胃が荒れるだけである。

「聞くところによると、おまえはわざわざ紹介された家庭教師の口まで、すべて断っていたそうだな」

「……ハイ……」

レイ兄様の尋問に、私は素直に頷いた。

ウソをついたところでレイ兄様にはすぐ見破られるので、即座に認めて怒られたほうが、結果的には傷が浅く済むのである。

「なぜそんな真似を？」

「…………」

しかし、これには答えられない。

答えは、とにかく王都にいたくないから、なのだが、それを言ってもそもそもの理由を信じてもらえないだろう。

お兄様はため息をつき、ソファから立ち上がった。そして、身を縮こませている私の前に立ち、その膝をついた。

「……お兄様？」

顔を上げると、どこか苦しそうな表情をしたお兄様と目が合った。

切れ長の黒い瞳が、痛みをこらえるように私を見ている。

てっきり怒っているものと思っていた私は、驚いて目をみはった。

「お兄様、いったいどう……」

「家庭教師の口まで断り、フォール地方で働くことを決めたのは……、王都にいたくないからか？」

お兄様の言葉に、私は息を呑んだ。

なぜそれを！

私の顔を見て、お兄様は苦く笑った。

「やはりそうか」

「な、なんで……」

えっ、私、お兄様に前世で読んだ小説のこととか、話してないよね？

え、まさかお兄様も、前世の記憶があるとか？　いやいや、まさかそんな。

混乱する私に、お兄様がつぶやくように言った。

「……おまえは、わたしの気持ちに気づいていたのだろう？」

えっ、お兄様の気持ち？

血まみれの闇伯爵様のお気持ちですか？　いえ、小説の中で闇伯爵様がお気持ちを表明されたことはないので、私にはわかりかねますが……。

「だからわたしから離れるため、王都を出ようとしたのだろう」

ん？　と私は首をひねった。

お兄様の気持ちから、どう飛べば王都脱出につながるのか、よくわからない。

わからない、けど。

「まあ……、はい、結果的には、そういうことに……なる、のでしょうか？」

うん、合ってるよね。お兄様や王太子殿下、聖女リリアから離れるために王都を出るわけだから。

私の返事に、お兄様は深く息を吐いた。

「おまえがどう思っていたかは知らんが。……わたしは、おまえに無理強いするつもりなどなかった」

ええー、いつだって無理強いしてたじゃん、とはなぜか言えない空気感だ。なにこの重い雰囲気。

お兄様は私から顔をそらし、うつむいた。サラサラの黒髪が肩をすべり落ちる。

いつもながら、なんて綺麗な髪だろう。天然パーマでおさまりの悪い私の髪と交換してほしい。

そんなことを思いながら、私はじっとお兄様を見つめた。

なんかお兄様、えらく沈んだ表情に見えるけど、気のせいだろうか。

「……おまえは、いつ知ったのだ？」

しばらくして、お兄様は小さな声で言った。

「え？」

「だから、わたしが……、いや、そもそもおまえは、なぜわたしたちが実の兄妹ではないと知っていたのだ？」

お兄様の言葉に、私は首を傾げた。

なぜここで突然、血縁関係の話？

だが、私はとりあえず答えた。

「いや、なぜって……、いくら私でも気がつきますよ。肖像画並べて見れば誰だってわかると思いますけど」

本当のことを言えば、前世の記憶があるから、お兄様と血のつながった兄妹ではないと知っていたのだが、しかし、もしその記憶がなかったとしても、遅かれ早かれ気がついたのではないだろうか。

歴代のデズモンド家当主の肖像画を見ると、髪の色は金茶か榛色でだいたい巻き毛、瞳は大きなたれ目で淡い緑か榛色、というのがずーっと何十人も続くのに、そこに突然、サラサラの黒髪に切れ長の黒い瞳、という容姿が交じるのだ。

しかもお兄様は、騎士団でも一、二を争うほどの腕前だが、デズモンド家のその他男子は、皆一様にろくに剣も持てない文官ぞろいなのである。気づかないほうがおかしい。

「それにお兄様、魔力属性が闇と氷ですけど、これもデズモンド家ではあり得ないですよね。お兄様以外、他はだいたい土属性ばっかりで、あとは水と風がたまに出るくらいじゃないですか？」

ちなみに私は、土と水と風、三属性を持っている。

珍しいっちゃ珍しいけど、魔力量が少ないから、あまり意味はない。

私の言葉を、レイ兄様は黙って聞いていた。

そして、小さく笑って言った。

「……そうか。おまえは、ずっと前から知っていたのだな」

その姿が、なんだか寂しそうに見えて、私は動揺してしまった。

私でさえ気づくような事実だから、お兄様ならてっきりもっと前から知ってるものと思い込んでたんだけど。

ていうか、小説の中のお兄様は、最初っから私と血のつながりがないことを知っていて、王太子に妹殺しをとがめられた際も「実の妹ではない」って平然と答えてたんだけど。

しかし、小説と現実では、結果が同じでも、経緯は違うこともある。

もしかして、もしかすると……、お兄様、つい最近まで養子の事実を知らなかった？

それで、傷ついてた、とか……？

「お兄様、申し訳ございません！」

私は、膝をついてうつむくお兄様の手をとった。

「っ、マリア」

お兄様は、弾かれたように私を見た。お兄様の手が震え、私は申し訳ない気持ちでいっぱいになった。

そんな、まさかお兄様が知らなかったなんて、思わなかった。どうしよう、ショックだよね。

私は、震えるお兄様の手を、ぎゅっと握りしめた。

「本当に、本当に申し訳ありません。私、お兄様を傷つけるつもりは……」

次の瞬間、私はなぜかお兄様に抱きしめられていた。

「お、お兄様？」

「……マリア……」

レイ兄様がかすれた声で私の名前をささやいた。

かすれているせいか、無駄に色っぽい。腰が砕けそうだ。

状況を忘れ、私は一瞬、うっとりしかけたが、
いや、ちょっ、お兄様、力強すぎ！　めきめき音がして、骨折れそうなんですけど！

「お、お兄様、放してください」

私がもがくと、レイ兄様ははっとしたように腕の力を抜いた。

「……すまない」

お兄様は私から顔を背け、立ち上がった。

「……このようなこと、すべきではなかった。謝罪する」

「えっ⁉」

私はびっくりしてお兄様を見上げた。

お兄様が！　謝った！

これっていつ以来？　子どもの頃、ケンカして私を突き飛ばした時以来？

驚いている私をよそに、お兄様は私の顔を見ないまま、部屋のドアを開けて言った。

「もう部屋に戻れ」

「え？　……あ、はい、わかりました」

なんかよくわかんないけど、今回のお説教、だいぶ短くない？

しかも最後、お兄様が！　謝った！（大事なことなので二回言わせていただきました）

お兄様の気が変わらぬ内に、と私はそそくさとお兄様の部屋を後にした。

でも、なんだろう、気のせいだろうか。

なんかお兄様、様子がおかしかったような？

第3話

榛色の宝石

（レイフォールド・ラザルス・デズモンド）

なんだこの小さい生き物は。

初めてマリアを見た時、わたしは正直、少し怖いと思った。

マリアは五歳になっていたはずだが、とにかく小さくて、どこもかしこもふにゃふにゃと柔らかく、ちょっと強くつかんだだけで壊してしまいそうだった。こんな弱そうな小動物、どう接すればいいというのか。

「だあれ？」

きらきらと輝く、こぼれ落ちそうに大きな榛色の瞳に見つめられ、わたしは硬直した。こんな風に、恐れも嫌悪もない、ただ純粋な好奇心に満ちた眼差しを向けられたのは初めてだった。というか、こんなに小さい子どもと相対したこと自体、初めてだ。

わたしは途方に暮れて、後ろに立つデズモンド伯爵夫妻を振り返った。

デズモンド伯は、にこにこ笑ってマリアに言った。

「おまえのお兄様だよ、マリア」

「は⁉」

デズモンド伯の雑な紹介に、わたしは目を剥いた。

何を言っているのだ。

見た目からして、デズモンド伯爵夫妻といっさいつながりなどないのが丸わかりのわたしを、何の前置きもなくただ一言、「お兄様だよ」だけで済ませるとは。いかに五歳の子どもといえど、不審に思って当然だろう。しかし、

「お兄さま？」

マリアは、ちょっとバ……、細かいことは気にしない、大らかな気質の子どもだった。はしょりすぎなデズモンド伯の説明を何の疑いもなく受け入れ、素直にわたしを『兄』と信じてしまったのだ。

大丈夫か、この子ども。

他人事《ひとごと》ながら、わたしはマリアが心配になった。

デズモンド伯爵夫妻も相当な変わり者だが、その子どもであるマリアも、貴族としてはあまりに警戒心が薄すぎる。不用意で無邪気で、危なっかしい。

というか、マリアは、なぜ何もないところで転ぶのだ⁉

そして、すぐに泣く。あの大きな榛色の瞳からぽろぽろと涙がこぼれる様は、見ているだけでこちらの胸が痛くなる。

「お、おに、おにいしゃ、ま……」

泣いているせいで舌足らずに呼ばれた時は、衝撃で床に膝をついてしまった。

なんだこいつは。可愛すぎるだろう。

「か、……顔を拭け。どこか怪我をしたのか？」

わたしは何とか立ち上がり、マリアにハンカチを渡した。泣いているマリアの頭を、恐る恐る撫でてみる。

と、マリアはわたしを見上げ、にこっと笑った。その笑顔にわたしは、うっ、と胸を押さえた。

なぜだ。なぜ、マリアはこんなに可愛いのだ？　泣いても笑っても可愛いとか、おかしいだろう。

わたしはつくづくとマリアを眺めた。

つやつやした榛色の巻き毛に、きらきらと輝く榛色の大きな瞳。榛色がこんなに美しい色だなんて知らなかった。どうして今まで気づかなかったのだろう。

マリアはよく泣き、よく笑い、わたしを振り回した。マリアが泣く理由も笑う理由も、わたしにはさっぱり理解できない。だが、なぜかわたしはマリアから目を離せなかった。気づけばわたしは、毎日のように甲斐甲斐しくマリアの世話を焼くようになっていた。

そうこうしている内に、マリアはすっかりわたしに懐いてしまった。まあ、悪い気はしない。

マリアは小さく可愛らしく、見つめていると胸が温かく満たされた。

だがそれと同時に、わたしは複雑な思いを抱かずにはいられなかった。

天真爛漫なマリア。なぜわたしは、マリアのように生きることが許されなかったのだろう。

実の両親はすでに亡く、唯一の血縁、ノースフォア侯爵はわたしを引き取ることを拒否した。

その決断自体は、もっともなことだと思う。わたしだってノースフォア侯爵家当主なら、そうするだろう。内乱で戦死した隣国の王子と、自国の王族の血を引く不義の子など、争いごとの火種でしかない。

しかも、この時のわたしは知る由もなかったのだが、正妃の血を継ぐわたしを危険視し、ダールベス侯爵がわたしの身柄を狙っていたのだ。ただでさえ厄介な事情を抱えたわたしを、きな臭い噂の絶えないダールベス侯爵家を敵に回してまで、引き取りたいと思う者などいないだろう。

だが、たとえその事実をわかっていても、やはりわたしはマリアを羨んだことだろう。

マリアは、美しかった。無条件に愛をそそがれ、それを当然のように享受するマリアは、きらきらと輝いて見えた。

わたしはマリアに、妬ましさすら覚えた。デズモンド伯爵夫妻から愛されるのは、マリアの当然の権利であり、わたしが妬むなどお門違いだとわかっていたのに。

だが、その時のわたしは、まだ九歳だった。

マリアを愛しく思う気持ちと、妬ましく思う気持ちと。

しょせん子どもだったわたしは、自分の心を制御するすべを知らず、相反する思いに心を乱されていた。

デズモンド伯爵家に引き取られて、一年ほど経ったある日のことだった。

「……おにい、しゃま……」

廊下でぐすぐす泣くマリアを見つけ、またかとわたしは苦笑した。

「今度はなんだ。転んだのか、それとも何かなくしたか?」

マリアは泣きながらわたしの胸に顔を擦りつけた。涙で服が湿る。鼻水まで擦りつけられているようだったが、子どもとは涙とよだれと鼻水でできているとわかった今は、もはや気にならない。慣れとは恐ろしいものだ。

「おとう、しゃまも……、おかあ、しゃまも……」

「デズモンド伯爵夫妻がどうかしたのか」

「ミルばっかり……、かわいがるの。いっつも、ミルばっかり……。わたしのこと、……、忘れ、ちゃったんだ」

えぐえぐとマリアが泣きじゃくる。

わたしが引き取られて一年後、デズモンド伯爵夫妻には男児が誕生した。

たしかにここ最近、夫妻は、新しく生まれたマリアの弟にかかりきりになっている。貴族には珍しく、夫妻は手ずから赤子を育てる方針のようだ。さすがに乳母《うば》はいるが、それでもあんなすぐ死にそうな生き物、自分で育てるとなれば、一瞬も目を離せなくても仕方なかろう。

「ミルはおまえの弟だ。我慢しろ」

「やだ！」

地団太を踏むマリアに、わたしは、心の奥に押し込めた薄暗い思いが、ちりっと火花を散らしたような気がした。

なぜマリアにはわからぬのだ。

デズモンド伯爵夫妻は、間違いなくマリアを愛している。あんなに愛されていながら、それでも足りぬと言うのか。わたしが欲しいものすべてを持っているくせに、どうして。

気づいた時、わたしはマリアを乱暴に引きはがしていた。

「……おまえは、何もわかっていない」

ぽかんとわたしを見上げるマリアに、自分でも驚くほど冷たい声が出た。

「おまえは贅沢だ！」

そう怒鳴ると、わたしはマリアを突き飛ばし、走って逃げた。なぜわたしが逃げねばならんのだ、と後から思ったが、その時はとにかくその場にいたくなかった。

わたしは悪くない。わがままなのはマリアのほうだ。

そう自分に言い訳したが、胸に残ったのは苦さだけだった。驚いたようにわたしを見た、マリアのあの大きな榛色の瞳が忘れられない。……ひどいことをしてしまった。まだマリアは幼いのに。

謝らなければ、と思ったが、マリアは熱を出し、寝込んでしまった。

わたしのせいだ。

「レイフォールド、どうかしたのかね」

落ち込むわたしに、デズモンド伯が声をかけてくれた。

「……申し訳ありません……」

わたしは事の次第を伯爵に説明した。厄介者のわたしに、大事な娘を傷つけられたのだ。殴られても文句は言えない。そう思ったのに、伯爵は少しも怒らなかった。それどころか、

「そうだったのか。教えてくれてありがとう、レイフォールド」

なぜかデズモンド伯は、わたしにお礼を言った。戸惑うわたしに、

「たしかに最近、マリアにかまってやれなかった。さみしい思いをさせてしまっていたのだね。レイフォールドに言われなければ、気づけなかったよ。ありがとう」

優しい眼差しを向けられ、わたしは動揺した。

デズモンド伯にとってわたしは、王命によって押し付けられた厄介者に過ぎない。それなのに、どうしてこんなに優しくしてくれるのだろう。

「いえ……、その、マリアが回復したら、謝罪したいのですが、よろしいでしょうか……」

おずおずと申し出ると、伯爵は快く許してくれた。仲直りできるといいねえ、と微笑ましそうに言われ、頬が熱くなる。

なんだこれは。家族の真似事か。バカバカしい。

わたしに家族はいない。両親は他界し、唯一の血縁はわたしを拒絶した。デズモンド伯爵夫妻は、わたしとは何の関わりもない、赤の他人だ。だけど……。

なぜデズモンド伯が王から厚い信頼を得ているのか、わかったような気がする。

デズモンド伯は誰かと接する際、その者の血筋や家柄などをまったく考慮に入れない。わたしのことも、隣国の王族の血を引く厄介者ではなく、ただの十歳の子どもとして接してくれる。それは貴族としてどうなんだと思わなくもないが、その目はとても温かく、思いやりに満ちている。

立派な方だ。たぶん出世はできぬだろうが。

しかし、そんなことをデズモンド伯は気にしないのだろう。出世や蓄財という、ほとんどの貴族が必死になって追い求めるものに、デズモンド伯は見向きもしない。そういう人もいるのだ。

デズモンド伯爵家に引き取られて良かった、とわたしは思った。

それから二日後、わたしは復調したマリアに謝罪しようとした、……のだが。

「ひゃああ！」

「マリア！」

またもや転びそうになったマリアに、わたしは慌てて手を伸ばした。だが、手が届かない。このままでは廊下に頭を打ちつけ、マリアが怪我をしてしまう。

そう思ったわたしは、無意識に魔力を解放していた。

「えっ」

マリアは目を見開き、自分の体に絡みつく黒い靄に驚愕していた。

「……怪我はないか？」

闇の禁術、拘束魔術による黒い靄に体を搦めとられ、空中に浮いた状態のマリアは、唖然としたようにわたしを見た。

「え、え……、これ、お兄様、が……？」

「無事なようだな」

わたしはマリアに近づき、そっとその体を抱きしめた。そのまま拘束魔術を解き、ゆっくり床に下ろす。

「怪我はないか？」

「は、い……」

床に足をつけたマリアは、訝しむような眼差しでわたしを見た。

「マリア？」

「た、助けてくれて、ありがとうございます。えっと、あの……、今の、拘束魔術、です、よね……？」

聞かれて、少し驚いた。知っていたのか。

「そうだ。闇の禁術だが……、よく知っていたな」

「え、えと、あの、あー、寝込んでいる間に読んだ、魔術の本に書いてあった、かも？」

「そうか」

挙動不審なマリアを少し不思議に思ったが、まあ、マリアだしな。それより、

「……すまなかった」

頭を下げ、謝罪するわたしに、マリアが「ええっ!?」と驚いている。

「や、闇の伯爵さまが謝った……」

「何を言っている」

わたしはため息をつき、マリアの顔をのぞき込んだ。まだ熱でもあるのだろうか。顔色は良いようだが。

「おまえが寝込む前、わたしがおまえに言ったことだが……、あれは、間違いだった。おまえはただ、寂しかっただけで、それを咎めるべきではなかった。わたしは……、おまえに八つ当たりをし

たのだ。すまなかった」

わたしの言葉を聞いたマリアは、その大きな榛色の瞳を見開き、まじまじとわたしを見つめた。

「どうした」

「……えと……」

マリアは、考え込むように小首を傾げた。

「お兄さまは……、なんていうか、自分に厳しいし、公平だし……、それに……」

どこか大人びた、美しい微笑を浮かべてマリアは言った。

「……とても、優しいひとなんですね」

よかった、と花が咲くように笑うマリアに、わたしは言葉を失って立ち尽くした。

わたしが優しい？　何を言っている。まだ熱でもあるのか。

そう心の内で毒づきながらも、わたしは顔がかっと熱くなるのを感じた。なぜこんなにも心臓の音がうるさいのか。まるでわたしのほうが病気にかかったようだ。

……わたしが優しいなど。そんなこと、何も知らないから言えるのだ。

王宮の隅で隔離されて育てられていた頃、わたしは、呪われた子どもだと噂されていた。腫れ物扱いで皆、わたしを遠巻きに眺めるばかりだった。わたしに近づく者は、わたしを利用しようとするか、殺そうとするか、どちらかだけだったのだ。

きっとマリアも、わたしのことを知れば、離れていってしまう。

だからって、それがなんだというのか。こんな何の力もない子どもに嫌われたって、別にどうでもいい。なんの問題もない。

そう自分に言い聞かせても、マリアが自分から離れていくと思っただけで、胸が焼けるように痛んだ。

マリアに嫌われたくない。わたしを優しいと、そう言ってくれた唇から、わたしを厭う言葉を聞きたくない。

この時は、なぜこんな気持ちになるのか、自分でもわからなかった。

だが、今ならわかる。

――わたしは、マリアに恋をしてしまったのだ。

義理とはいえ、マリアはわたしの妹だ。この想いは、決して報われることはない。

そうわかっていても、どうにもならなかった。

いずれマリアは、わたしから離れていってしまう。だが、マリアがデズモンド家を出てどこぞの男と結ばれるまで、どうかそれまでは、兄としてでいいから傍にいたい。許されるだけ長く、マリアと共にありたい。そう願わずにはいられなかった。

第4話　死神が死にかけてます

ふふふ、今日から私は命の危機から解放される！

フォール地方に着くのは一週間後くらいだけど、王都から離れられる、と思うとそれだけで安心感がすごい。

あー、思い返してみれば、六つの時に前世の記憶を取り戻してからというもの、安眠できた夜などあっただろうか。

今晩からはぐっすり眠れる！

空気も綺麗なフォール地方で、のんびり人生を謳歌するぞ！

「マリ姉さま……」

とはいえ、涙に目を潤ませた天使、ミルを目の前にすると、さすがに胸が痛む。

玄関先の馬車に荷物を積み込み、後は私が乗るだけ！　という状況であるが、どうにも足が動かない。

「姉さま、いつこちらに帰ってきますか？」

「ミル、まだフォールに着いてもいないのに、気が早すぎるわよ」

私が苦笑すると、

「――毎週末、帰省しろ」

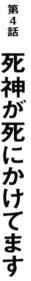

地を這うような低い声が聞こえ、ヒッと私は振り返った。

死にかけの死神がそこにいた。

「お、お兄様……、どうしたんですか、ひどい顔ですよ」

「……一週間ぶりに会った兄に言うセリフがそれか」

お兄様が不機嫌そうに言ったけど、ほんとにひどい顔だ。

いや、もちろん美形には違いないのだが、目の下にはくっきりクマができてるし、顔色は白を通り越して土気色をしている。

いつもサラサラの黒髪も、心なしかパサついているように見える。

ふう、とため息をつく姿も、相変わらず無駄にフェロモンに満ちているが、どうにも覇気が感じられない。

「え、レイ兄様、お仕事大丈夫なんですか？　だいぶお疲れのようですけど」

「……心配しているのか？」

「だってお兄様、水死体みたいな顔色してますよ」

「…………」

お兄様は黙って、私に紙の束を差し出した。

「なんですか、これ？」

「転移陣だ。これで毎週末、こちらに戻ってこい」

えっ、と私は手渡された紙の束に目を落とした。

え、ウソでしょ。

転移陣って、簡単なものでも一枚作製するのに、一週間くらいかかるんじゃ？

膨大な魔力が必要だし、そもそも陣に書き込む術式が複雑すぎて、並みの術師では作製自体が不可能な代物だ。

それを、こんなにたくさん、どうやって。

「お、お兄様、こんなにたくさん転移陣を購入するなんて……、我が家は破産してしまいます！」

「安心しろ、一銭も金はかかっておらん。わたしが作ったからな」

えっ⁉　と今度はミルも私と一緒に驚きの声を上げた。

いや、待って。

レイ兄様が魔術に秀でているのは知ってるけど、それにしても、こんなにたくさんの転移陣……。

私は目の前に立つ、死にかけの死神みたいな、不吉な様相をしたお兄様を見上げた。

レイ兄様、フォール地方に行く私を心配して、こんなにたくさんの転移陣を作ってくれたんだ。

正直、この転移陣を売ったらどれくらい稼げるかな、とちょっと思わないでもないが、でもでも、レイ兄様のその気持ちが嬉しい。

「レイ兄様……、ありがとうございます。そんな、死んだ魚みたいな目になるまで、頑張って転移陣を作製してくださったのですね」

「死んだ魚……」

なぜかお兄様は微妙に不機嫌そうだけど、私は転移陣の束を抱きしめてお礼を言った。

「本当に嬉しいです。ありがとう、レイ兄様」

「……マリア……」

でも、と私は続けて言った。

「さすがに週一で帰省はキツいので、月一でいいですか？」

「きさま礼を言った口でそれを言うか！」

だって毎週末帰省だなんて、休みのたびに王都に戻ることになる。

そんなことになったら、フォールで遊びにも行けない……じゃなくて、破滅エンド回避も危うくなるではないか。


そうして王都を後にしてから、二か月近くが過ぎた。

王都はまだ汗ばむような陽気の日もあるが、フォールはすでに秋の気候だ。

窓から入る秋らしい爽やかな風に、私は目を細めた。

「マリーさん、お昼休み中すみませんが、ちょっと診てもらえませんか」

「あ、オレも！　マリーちゃん、お願い！」

控室の窓から、イケメン二人がひょいと顔をのぞかせて言った。

二人とも南方出身らしく、褐色の肌に白い歯がまぶしい。フォール地方の森より、どっちかと言うと海が似合いそうな感じの、爽やかなイケメンさんたちである。

私はにっこり笑って頷いた。

「ええ、かまいませんよ。すぐ行きますね」

「マリア、大丈夫かね？　わしも一緒に診るか？」

私以外の唯一の魔術師、サール様が皺に埋もれた目をショボショボさせながら申し出てくれたが、私は首を振った。

「いえ、平気ですよ。今日は特に戦闘もなかったようですし、たぶん森の魔獣狩りで出た負傷者でしょう。それくらいなら、私一人で問題ありません」

フォール地方は、私が子どもの頃に過ごしたままの、超がつく田舎ではあったが、一つだけ変化があった。

若者が増えたのである！

森の魔獣が増えたことと、国境付近の小競り合いが活発化したことにより、軍が森にほど近い国境沿いに砦を新設し、騎士団を派遣してくれたのだ。

おかげで現在、フォール地方は、若く屈強な騎士様がそこら中を闊歩する、非常に活気あふれる状態にあった。

フォール地方で癒やしの魔術師として働くといっても、せいぜいが子どもの腹下しとか、お年寄りの関節炎とかの対応だろうなーと思っていたのだが、こちらで働きはじめてから数週間、患者のほとんどは騎士だった。

砦には、王宮から派遣された専門の魔術師がいるのだが、どうも騎士たちと折り合いが悪いらしく、ちょっとした怪我などの場合、ほとんどの騎士はこの民間の治療院にやって来るのだ。私がフォール地方を治めるデズモンド伯爵家の娘であるということは、サール様に頼んで伏せてもらっているので、治療院に来る人は、みな気軽に声をかけてくれる。

「ごめんねー、マリーちゃん。ちょっとドジっちゃってさー」

「最近、魔獣が増えてるみたいですしね。ご苦労さまです」

「砦の魔術師に治してもらうと、いっつもなんか頭痛がしてさあ。マリーちゃんだとそんなことないし、ついこっち来ちゃうんだよねー」

お昼休み中ごめんねー、と申し訳なさそうに謝るイケメンその一、騎士コンラッド。イケメンその二、パトリックに「おまえはマリーさんに会いに来てるだけだろ」と背中をどつかれている。

「砦の魔術師さまは、皆さん魔力が強いでしょうし、術の反動が大きいんでしょうね」

私が言うと、そういうもんなの？　とコンラッドが不思議そうな表情になった。

南方では魔術より薬学が発達していて、癒やしの魔術師より薬師が多いと聞くから、コンラッドもパトリックも砦の魔術師のやり方に慣れていないのかもしれない。

二人とも、思った通り軽傷だったので、施術はすぐに終わった。

「ありがとー、マリーちゃん。お礼に、週末にでも街に遊びに行かない？　奢るからさー」

「お昼休みを邪魔してしまいましたから、よければぜひ」

治療の後、コンラッドとパトリックの二人は、にこにこしながら私にそう言った。

「いえ、そんな。お二人にはいつもお世話になってますし、お礼なんて」

二人とも、非番の時によく治療院に来ては、重い洗濯籠を持ったり薬剤の入った箱を運んでくれたりと、力仕事をさりげなくこなしてくれるのだ。顔だけでなく性格までイケメンの騎士様たちである。

「でもマリーさん、フォール地方に来たばかりなんですよね？　あまりこっちに詳しくないって聞いたから。よかったら街を案内しようかと思って」

照れくさそうに笑うパトリックに、私は嬉しくなって微笑み返した。

騎士は弱者を保護し、貴婦人に対し献身的な奉仕をすべし。この二人、まさに騎士道を実践している！

私の知ってる唯一の騎士は、なんていうか騎士というより死神に近いタイプだったから、こんな教科書通りの騎士道の振る舞いには、感動してしまう。

「そういうことなら、ぜひお願いしたいです！　……あ、でも」

私は、はたと我に返った。

週末は、必ず王都の実家に戻るよう、お兄様にキツく言い含められている。

帰らなければ、めちゃくちゃ怒られるに違いない。

だが、と私は考えた。

レイ兄様が私を心配してくれているのはわかる。わかるがしかし、フォール地方に来てもう二か月近く経っているのだ。

こちらの治安は王都よりもいいし、仕事もちゃんとこなしている。心配をかけるようなことは、何もしていない。

それにもうすぐ、冬が来る。

フォール地方は北方の国境付近に位置しているため、冬は長く厳しいものになるだろう。

その前にいろいろと買い物をしておきたいのだが、毎週末王都に戻っていると、その暇もない。

レイ兄様には、もらった転移陣で手紙を出しておけば、大丈夫……じゃないかもしれないけど、怒られない可能性も、なくはない……、と思いたい（希望的観測）。たぶん、まあ、最終的には許してもらえるだろう、うん、たぶん。

「ええっと、じゃあ、よければ週末、街を案内してください！」

私は不安を振り払い、コンラッドとパトリックの二人に、そうお願いしたのだった。


そんなわけで週末、私は優しいイケメン騎士二人にエスコートされてお買い物、という人生初のパラダイスを堪能していた。

こんな幸せ、今まで経験したことがあっただろうか。いや、ない。速攻で答えが出る。

私は、歩調を合わせてゆっくり隣を歩いてくれる、パトリックとコンラッドの二人を見た。

パトリックは、柔らかそうな茶色の髪に緑の瞳が印象的なエキゾチックなイケメンだし、コンラッドも少しチャラい感じはするが、パトリックと同じく南方出身らしい褐色の肌に金髪碧眼の、女性に対して非常に優しい好感度の高いイケメンである。

単に顔の美しさだけで言うならレイ兄様の圧勝だが、二人とも親しみやすい美形で、イケメンという言葉がぴったりだ。

お兄様レベルの気おくれするような美形より、二人のようなイケメンが好みだという女の子も多いだろう。

「マリーさん、お腹すきませんか？　あそこの屋台が人気みたいなんですけど、どうでしょう？」

「いいですね！」

人混みではぐれないようにという気づかいなのか、パトリックがそっと私の手を握ってきた。

家族以外の男性に手を握られたことなど皆無の私は、それだけでドキドキしてしまった。

「あっ、パトリック！　てめー、なに勝手にマリーちゃんの手ぇ握ってんだよ！」

「はぐれたら困るだろう」

「ならオレが手を握る！」

オレが握る、いや俺が、と言い合いながら屋台に向かう二人を見ながら、私は心密かに感動していた。

ああ、フォール地方に来て本当に良かった！

イケメン二人と仲良くショッピングなんて、この世界でもできるとは思わなかった。

まあ、二人とも騎士道精神を発揮して、こっちに来たばかりの私を気づかい、街を案内してくれているだけなんだろうけど。

屋台で売っていたのは、軽く炙ったパンに魚や肉などの具材を挟んだ、ホットサンドのようなものだった。

私は魚、パトリックとコンラッドは肉の具材を選ぶと、パトリックがお金を払ってくれた。

「ありがとうございます、パトリックさん」

「これくらい、いいですよ。マリーさんにはいつもお世話になってるし。……おい、コンラッドは金払え」

「ええ～、パトリックさん、ひどいですぅ」

コンラッドがふざけて体をくねらせると、パトリックに無言で腹を殴られていた。

イケメン二人がふざけ合う光景がまぶしい。

これから何かツラいことがあっても、このイケメンにお昼を奢ってもらった事実を思い出せば、何とか生きていけるような気がする。

屋台に併設されているベンチに並んで腰かけ、コンラッドとパトリック、私の三人はパンにかぶりついた。

「おいしー！」

「そうですか、良かった」

「あ、ほんとだ。うま」

コンラッドも言っているが、ほんとにお世辞抜きでうまい。

毎日自炊続きだから、こういうちょっとジャンクなお店の味に飢えていたのだ。

うまいぃ～とホットサンドもどきを味わう私に、パトリックがすっと自分のパンを差し出した。

「あの、良かったら、僕のも味見してみませんか？　ちょっと辛いですけど、おいしいですよ」

食べかけなんて失礼かもしれませんが、とちょっと困った風に笑う顔も、素晴らしくイケメンだ。

「あー！　おまえ、さっきから何だよ！　マリーちゃん、それならオレの食って！」

「おまえのは、もうほとんど残りないだろ」

じゃれるイケメン二人に癒やされながら、わたしは自分のパンを二人に差し出した。

「あの、じゃあ私のもどうぞ、お二人で味見してみてください。こっちは塩味でさっぱりしてますよ」

あまりお行儀は良くないかもしれないが、屋台での食事なんだから、そんなマナーにこだわる必要もないだろう。

「えっ、マリーちゃん、いいの？」

「マリーさん、ありがとうございます」

輝く笑顔で私の差し出すパンを受け取ったパトリックに、オレにも寄越せ！　とコンラッドが文句を言っている。

優しいイケメンたちと、パンを取りかえっこして食べるとか。

ここは天国ですか！　神様、ありがとうございます！

屋台の軽食でお腹も心も満たされた後、コンラッド、パトリック、私の三人は、ぶらぶらと露店や目抜き通り沿いのお店を冷やかして歩いた。

「へー、パトリックさんとコンラッドさんは、幼なじみなんですね」

二人とも肌の色から同じ南方出身だろうなあとは思っていたが、幼なじみだとは知らなかった。

騎士に憧れたコンラッドに誘われ、パトリックも一緒に王都に上がることにしたらしい。

「じゃあ、お二人とも、しばらくは王都にいらしたんですか」

「そ。オレん家の親戚が、王都でけっこう手広く商売しててさ。その縁で、貴族の護衛に雇ってもらったんだ。そっから王都の騎士団の入団試験を受けて、オレもパトリックもなんとかパスしたんだけど」

まさかフォールに飛ばされるとは思わなかったよ～、とコンラッドが眉を下げて言った。

「国境警備も重要な任務だろうが。文句を言うな」

「そうは言ってもさあ、こっちの冬って、すげえ寒いっていうじゃん。オレ、寒いの苦手なんだよ。おまえだってそうだろ？　ペルロ出身で寒いの平気なヤツなんていないって」

その出身地を聞いた私は、なるほどと頷いた。ペルロ自治区は、リヴェルデ王国の中でも独自の発展を遂げた南方の経済特区であり、言語にも微妙な違いがある。

私の名前をマリーと呼ぶのも、そのせいだろう。

そういえば、前世でも国によって名前の呼び方が変わるってのはあったな。

チャールズがシャルルになったり、シーザーがチェーザレになったりってやつ。

「まあ……、たしかにこちらの冬は、だいぶ寒いらしいが……」

パトリックが、ちらりと毛皮を並べた露店を見て言った。

南方では、毛皮を売ってるお店なんてあまりなかったそうだ。しかし冬のフォール地方では、毛皮は必須装備だ。寒いとかそういうレベルではなく、毛皮なしでは死ぬ。

「あの、脅すわけじゃないですけど、こっちの冬って、凍死者も出るくらいですから、覚悟しておいたほうがいいですよ」

「ああ、そうなんですよね、それ初めて聞いた時は驚きました。僕の地元は、冬でも野宿できるくらいの気候なので」

「マリーちゃん、フォール地方についてくわしいね。ひょっとして、ここの出身とか？」

　コンラッドの質問に、私は笑って答えた。

「子どもの頃、ちょっとだけ住んでいたことがあるんです。といっても、四、五歳くらいの頃だったから、記憶もあやふやなんですけど」

　でも、とにかく寒かったことだけは覚えてます！　と言うと、二人は真顔になった。

「それは相当ですね」

「ええ……、大丈夫かなあ。オレ、ここの冬を乗り切る自信ない……」

「気をつけてくださいね。ほんと、吹雪《ふぶ》いている時に不用意に外に出ると、寒さで体が痺れて動けなくなりますから」

　言いながら、私は子どもの頃のぼんやりした記憶を思い出していた。

　私が子どもの頃、領地であるフォール地方に戻されていたのは、たぶん、お兄様を引き取る準備のためだろう。

　小説でもあまり詳しい記述はなかったが、たしかお兄様は現国王の三番目の妹姫と、隣国の王子との間に生まれた、不義の子だったはず。

病弱だった妹姫は出産で命を落とし、隣国の王子も内乱で戦死。

公にはできない赤子の存在に困り果てた現国王は、権力者に媚びず、偏屈であるが故に信頼できる、デズモンド家を頼ったのだ。

両親は、一時預かりとしてお兄様を養子にしたけど、成人した後は王族の後見をたて、それなりの地位に戻すつもりだったんだろう。

でも、お兄様の学院卒業直後、両親は殺害されてしまったため、その計画は水に流れてしまった。

お兄様はデズモンド家を継いで伯爵を名乗り、いまや王族とのつながりを知る者は、表向き現国王および王妃のみとなってしまった。

まあ、たぶん貴族の中では公然の秘密なんだろうけど。お兄様、あからさまに隣国の王族寄りの容姿してるし。

私は、露店で売られている組紐を見つけ、足を止めた。

組紐は、外で働けない冬の間に作られる、フォール地方の特産品だ。

――これ、お兄様とミルへのお土産《みやげ》に買おうかなあ。

鮮やかな紫の平紐は、お兄様に。緑と青の丸紐はミルに。

「マリーちゃん、その組紐、買うの？」

「いい色ですね。お土産ですか？」

二人に聞かれ、私は頷いた。

「ええ、家族に」

「いいなー、オレもマリーちゃんみたいな可愛い妹が欲しい！」

「仲がいいんですね」

二人の言葉に、私は少し考えた。

ミルはともかく、お兄様には前世、小説の中とはいえ、首を刎ねられたんだけど。

でも、たしかに今は、仲がいい……、かも、しれない。

私がそう思っているだけかもしれないけど。

うん、そうだったらいいな。

少なくとも、首を刎ねるのを躊躇するくらいには、仲良し家族だったらいいな。

第5話 二週間ぶりの帰省

「きさま、先週はなぜ戻らなかった？」

帰省するなり、レイ兄様に叱られた。

転移陣を使用しての帰省だから、まだ両手に荷物も持ったままだ。

ちなみに、転移先は毎回、レイ兄様の部屋に固定されている。

なんで私の部屋じゃないんだろう……。そりゃ術者はお兄様だけどさ。

「帰省できないってお手紙を届けたと思うのですが」

「わたしは許可していない」

うん、まあ、そうなるだろうなとは思ってました。

先週帰省しなかった直後、お兄様から怒りのお手紙が速攻で届いたしね。

毎週戻ってこい、と帰るたびに何度も何度も念押しされてたしね。

でもぉ、貴重な休日である週末を、毎回毎回実家で過ごすって、結構大変なんですよ。

お兄様は洗濯も掃除も、ぜんぶメイド任せだからわかんないでしょうけどね。

私は、料理も洗濯も掃除も買い出しも、すべて私一人でやってるんですからね！

……と言いたいのだが言えない。

レイ兄様を本気で怒らせるのは、命が惜しくない愚か者の所業であるからだ。

「申し訳ありません……」

うつむく私に、お兄様がため息をついた。

「……そんなに嫌なのか？」

お兄様が小さな声で言った。

「わたしに、会いたくなかったのか？」

え？　と私は顔を上げた。

「何をおっしゃっているんですか、レイ兄様」

「違うのか？」

レイ兄様は私から視線をそらし、窓の外を見ている。

だが、私の反応が気になるようで、ちらちらとこっちをうかがっている。

私はちょっと笑ってしまった。

レイ兄様は、ふだんは怖くて強くて、やっぱり怖い人なのだが、たまにこういう、可愛いところを見せる。

たぶんそれは、私やミルなど、心を許した相手に対してだけなんだろうと思うと、無性に嬉しくなる。

まあ、ちょっとめんどくさいとは思うけどね！

「お兄様に会いたくないなんて、そんなこと思ったことはありませんよ」

お説教される時は別だけど。

だけどお兄様は、かたくなに窓の外を見続けている。

「……ではなぜ、先週は帰らなかったのだ」

あーもー、めんどくせー！

などと言うのは、命が惜しくない（以下略）なので、私は優しく言った。

「いろいろ、しなくてはならないことが山積みなんです。仕事も忙しいし、なかなか買い物にもいけないし。食材を買えなければ、料理もできませんから」

「……自分で料理を作っているのか？」

「メイドを雇っていませんから。なんでも自分でやりますよ」

レイ兄様が驚いたように私を見ている。

フォールの治療院での報酬は、王都の水準よりずっと低い。

メイドを雇うような余裕はないのだ。

「そうだったのか。……そうか、おまえが自分で」

「先週末、久しぶりに街で買い物をしたんです。……あ、それで、これを買ったんですけど」

私は鞄を探り、小さな包みを取り出した。

「どうぞ、お兄様」

「……何だ？」

「お土産です。私が自分で稼いだお金で買った、初めての贈り物ですよ」

だから文句言わないでね！　と祈りをこめてレイ兄様を見つめた。

レイ兄様は、無言で包みを解き、紫の組紐を手に取った。

「ね、綺麗でしょ？　組紐はフォール地方の特産品なんです。お兄様の髪色に映えるかなっと思って」

「……………」

レイ兄様は、黙ったまま、手にした組紐をじっと見つめている。

うつむいているから表情はわからないが、両耳が真っ赤だ。

妹にお土産なんてもらって、照れてるのかも。

ふはは、闇の伯爵様にも、可愛いとこがあるじゃない！

「お兄様、先週あったこととかお話ししますから、一緒にお茶でも飲みましょう」

「……うむ」

お兄様は、私にうながされるまま、素直にソファに座った。メイドを呼んで、お茶の仕度をしてもらう。

ミルが学院に入学してしまったため、フォールからの帰省時は、こんな風にお兄様と二人きりになる時間が増えた。

つまりは、叱られる時間が増えたということなのだが、今回ばかりは大丈夫。

組紐の賄賂効果は、驚くほど絶大だった。

さっきまで目をつり上げて怒ってたのがウソのように、お兄様の表情が柔らかい。いつも眼光鋭く睨みつけてくる視線が、甘く蕩けている。

まさか、組紐ひとつでこんなに態度が変わるとは。

もっと前に買っておけばよかった。

お兄様はソファにゆったりと寛いで座り、かすかに微笑んで私を見ている。

怒っていても美形だと思っていたが、機嫌のよい美形とは、こんなにも美しいものなのか。

なんか瞳もきらきら輝いてるし、思わずひれ伏したくなるレベルの麗しさだ。

お兄様は闇の伯爵なんて言われてるけど、こうしてると光の王子って感じ。

「お土産なんですけど、ミルの分も買ってきたんです。お兄様からミルに渡していただけますか?」

「ああ、わかった。……おまえの髪の、それもフォールの街で買ったのか?」

あ、気づいてたのか。

丸刈りにでもしない限り、女性の髪型に注意を向けることなどない人だと思ってたんだけど。

それとも、よっぽどこの組紐が気に入ったのかな。

私はちょっと横を向いて、組紐がよく見えるようにした。

今日は髪をハーフアップにして、組紐を花のような形で結んである。

実はこの組紐、パトリックとコンラッドの二人に買ってもらったのだ。

お兄様とミルの分を買ってる間に購入してくれたらしい。

「マリーさんには、淡い色が似合うと思って」「いや、オレの見立てだから!」と、ちょっと赤くなったパトリックと、自分の見立てであると主張するコンラッドの二人から、淡い緑色の平紐を渡されたのだ。

二人ともイケメンすぎる！　惚れてしまいそう！

「これも同じ店で買いました。あ、いえ、買ったのは私じゃないんですけど」

「……なんだと？」

買ってもらった時のことを思い出し、私はニヤニヤしてしまった。

二人とも、ほんとに素晴らしい騎士道精神の持ち主だ。

その後のエスコートも完璧だったし。

「向こうで知り合った騎士様に買ってもらったんです。ほら、フォール地方に新しく砦ができたでしょ？　そこに常駐してる騎士……」

言いかけて、私は急激に冷えた室温に気づき、お兄様のほうに顔を向けた。

そこに悪鬼がいた。

「……お、おに……？　え、どう……」

「……騎士？」

これぞ血まみれの闇伯爵、と言いたくなるような、背景に雷雲を背負ったお兄様の様子に、私は息を呑んだ。

えっ？　なんで今この段階で、お兄様が小説最終形態に進化しちゃってるの？

私が殺されるにしても、まだあと半年は猶予があったはずだよね？

「……先週末」

お兄様がドスのきいた声で言った。

「その、騎士とやらと一緒に、おまえは街に行ったのか？」

「えっ？　えええ……、ああ、ええ……、その……」

「なぜ答えぬ」

お兄様は立ち上がり、ゆっくりと私の座るソファに近づいた。

ソファの肘掛け部分に手を置き、私の顔を覗き込む。

切れ長の黒い瞳が、射抜くように私を見た。

「答えられないようなことを、していたのか？」

「いえっ！　なになになにをおっしゃいますことやら！　なんでもお答えしますとも！」

だから拷問はやめて！

ていうか、なぜ闇の伯爵モードになってるんですかお兄様！

さっきまでは光の王子モードだったのにー！

私は半泣きになりながら、必死に組紐の購入経緯を説明した。

「……なるほどな。その騎士たちは、頻繁にきさまの働く治療院に顔を出していたというわけか」

「ええ、そうそうそうなんです。上司のサール様もよくご存じですよ。力仕事もしてくださるし、とてもいい方たちなんです」

「……ほう」

なぜだろう。パトリックとコンラッド、二人の善人っぷりを力説すればするほど、レイ兄様の機嫌が急降下していくような。

「あのあの、それでですね、二人とも、フォールに来たばかりの私を気づかって、街を案内してくださることになって」

「………………」

「それで、パトリック様が」

「パトリック」

お兄様が私の言葉をさえぎって言った。

「パトリック、という名前なのか、その騎士は」

私は一瞬、言葉に詰まった。

「……あの、騎士様はもうお一人いらして、えーと……」

コンラッドの名前も伝えるべきだろうか。

いちいち説明するのは面倒だけど、ここで下手に隠し立てしないほうがいいことは、経験上、よくわかっている。お兄様の背景の雷雲、消えてないし。「なぜ隠した⁉」とか怒られて殺されるのはカンベンしていただきたい。

ていうか、たとえ殺される結果が変わらないとしても、そんな理由で殺されるのは嫌だー！

聖女を騙って殺されるほうが、まだマシっていうか、納得できるし！

「えっとあの、パトリック様とコンラッド様、お二人の騎士にエスコートしていただきました！」

「……ほう、そうか。なるほどな」

お兄様はおもむろに手を伸ばし、私の顎をつかんで上向かせた。

「え、あ、あのお兄様」

お兄様は、吐息がふれるほど間近に私に顔を寄せて言った。

「それで、先週末はその騎士たち……、パトリックとコンラッドか。そやつらと会うために、ここに戻ってこなかったというのだな」

間近に迫る、闇の伯爵様の迫力あふれる表情に、私はパニック寸前になった。

な、何かお兄様の怒りを鎮める言い訳をひねり出さねば！

「おおお、お兄様。こう言っては何ですが、それに関してはお兄様にも責任がございます」

「何だと？」

一寸の虫にも五分の魂。

私は必死にお兄様に訴えた。

「毎週末、こちらに戻っていれば、買い物もできません。掃除や洗濯などの雑事もたまってゆきます。……フォール地方は、もうすぐ冬です。なのに、冬支度の一つもできぬまま、毎年凍死者の出るフォールの冬を耐えろとおっしゃるのですか」

レイ兄様は、ちょっと驚いたように私を見ている。

でもかまうもんか、もっと言ってやる。毒を食らわば皿までー！

「毎週帰省せよとのお兄様の言いつけを破り、さらには騎士様たちに荷物持ちをさせたのは悪かったかもしれません、ですが！　ならば私にどうせよと仰せなのですか！　それなら、レイ兄様がフォールにいらっしゃれば良いではありませんか！　レイ兄様が、荷物持ちをしてくださればよろしいのです！」

そーだよそーだよレイ兄様がぜんぶ悪いんだよばーかばーか！

……と心の中で盛大に喚いてから、私は徐々に冷静になっていった。

「…………………」

レイ兄様は、私の顎をつかんだまま、無言でいる。

え……、ちょっと、何か言って。

なんで無言。

まさか、私の殺害方法について考えてるとか、そういうんじゃないよね？　ね？

「わたしが、フォールに……」

ぽつりとこぼれたお兄様の言葉に、私は飛びついた。

「そ、そそそうです！　レイ兄様、たまにはフォール地方にいらしてください！　私、レイ兄様に手料理を振る舞いますわ！」

「手料理……」

レイ兄様が料理に食いついた！

そういえばレイ兄様は、こんな霞でも食ってるような人間離れした美貌のくせに、意外と食い意地が張ってるんだった。頑張っておいしい手料理でもてなせば、機嫌を直してくれる、……かも？

第6話　お客さまがやって来ました

私は緊張して、何度目かの部屋の点検を終えた。

床にはちり一つ落ちていないし、家具は磨き上げてある。

カーテンは洗ったし、テーブルクロスは新調した。

部屋は狭いが、それはどうにもできないのでスルー。

台所のストーブの前に転移陣を置き、私はどきどきしてレイ兄様の転移を待った。

先週末、勢いでレイ兄様をフォール地方へ招待してしまったが、あの時の自分は正気を失っていたとしか思えない。

レイ兄様に荷物持ちをしろとか、人間切羽詰まるとなに言いだすかわからない。レイ兄様も、よく承知したものだ。

まあ、結果的には王都に帰らなくて済むのだから、破滅エンド回避的には、良かったと言えるのかもしれないけど。

待つことしばし、転移陣が淡い金色の光を放った。

おお、とその様を見守っていると、ふいにドン！　と黒い渦が転移陣の光をかき消した。

「うわっ」

私は思わずのけぞった。

なにこの出現の仕方。

転移って、もっとじわじわゆっくりと形をとって現れるもんじゃないの？

「……マリアか」

台所ストーブの燃え盛る炎を背景に、黒いローブを身に纏い、不吉な黒い長剣を腰に佩いて、仁王立ちするお兄様。

まさに、魔王降臨！　と掛け声をかけたいくらいの迫力だ。

「ようこそいらっしゃいました、お兄様。……なんで帯剣してるんですか？」

禍々しいオーラを放つ長剣に、私が若干引いていると、お兄様が当然のように言った。

「ここは国境付近ゆえ、何があるかわからん」

「いやでも、お兄様、たいていの相手は魔術でパパッとやっつけちゃってるんでしょ？　いくら国境付近っていっても、こんな田舎で剣が必要な相手なんていないんじゃ？」

宮廷で働いている友達に聞いたから間違いない。

お兄様は、魔法騎士として騎士団に所属しているが、訓練であまりに技術に差のある騎士を相手にする時は、剣すら抜かず、魔術で瞬時に叩きのめしているらしい。鬼畜。

「……ここの騎士たちは、みな剣を装備しているのだろう？」

「そりゃまあ。……でも、ここの騎士とレイ兄様とでは、実力が違いすぎると思いますが」

王都の騎士団、それも王城直属の騎士団は、王国中から集められた精鋭中の精鋭だ。

その中でも一、二を争う腕前のお兄様が、言っちゃなんだがフォールのような田舎に飛ばされた騎士に後れをとるとは思えない。

そう言うと、お兄様の機嫌が目に見えてよくなった。

「まあ、たしかに我が剣が必要となる事態など、そうそうないかもしれぬが。……ところで、ここがおまえの住んでいる家なのか？」

お兄様は不思議そうな表情で部屋を見回した。

「ずいぶん狭いな」

言うと思った。

デズモンド家の屋敷は、古いけど広さだけはあるもんね。

「一人暮らしだから、これで十分ですよ」

「そういうものか？」

根っからの貴族のお兄様には、慣れないかもしれないけど。

ていうか、お兄様はすごく背が高いから、単純に物理的な意味で圧迫感を感じているのかもしれない。

「行政官の館に住めばよかろう。そこならメイドもいるだろうに」

「それはそうなんですけど、治療院の仕事は不規則なので、迷惑をかけてしまうかと」

病人や怪我人は、勤務時間内にやってくるとは限らないしね。

深夜、急病人の連絡があれば、駆けつけなきゃいけない。そのたびにメイドを起こしてたらかわいそうだし、こっちも気を使ってしまう。

いいから座って座って、と私はお兄様に椅子をすすめ、お湯を沸かし、昨日焼いておいたケーキを取り出した。

「それは……」

「ええ、私が作りました！　フルーツケーキです！」

一番簡単で見栄えもよく、かつ味もいい。

切り分けたケーキとお茶を出すと、お兄様は珍しく感心したような表情で私を見た。

「本当に自分で料理をしているのだな」

「料理って、慣れると面白いですよ。けっこう簡単だし」

というか、簡単なレシピのものしか作っていないだけなんだけどね。

恐らく、私は前世、貴族ではなかったんだろう。一人暮らしを始めるにあたり、いろいろとメイドに教えてもらったのだが、自分でも驚くほどすんなりと、料理や掃除のやり方を覚えられたのだ。

私のどんくささをよく知るメイドがびっくりして、「お嬢様！　いつでもメイドとして働けますよ！　素晴らしいです！」と褒めて（？）くれたほどだ。

台所の小さな丸テーブルで、お兄様と向かい合ってお茶を飲む。

こう言ってはなんだが、すっごく違和感。

部屋の間取りから家具、飾られた花に至るまで、のんびりした田舎感あふれるこの空間に、明らかにそぐわない高貴な闇の伯爵様。

一応、私も伯爵令嬢なのだが、それは置いておく。

でもお兄様は、なんだか嬉しそうに見えた。

考えてみれば、レイ兄様は王都では仕事仕事の毎日で、朝から晩まで騎士団に詰めているし、帰ってきても夜遅くまで領地から上がってきた報告書を読んだり、指示書を作成したりしている。

こういうのんびりした時間なんて、あまり持てないんだろうな。

「……うまいな」

ケーキを食べたお兄様が、ぽつりと言った。

そうでしょうそうでしょう！　このフルーツケーキ、フォール地方特産の旬の果物をたくさん使ってますからね！

甘さ控え目で爽やかな後味！　きっとお兄様のお口に合うと思ってました！　ふはは、やった！

勝ち誇る私を、お兄様はじっと見た。

「……このケーキは……」

「はい？」

「その、これは……、わたしのために作ったのか？」

「ええ、そうですよ」

お兄様の口に入ると思えばこそ、使用する果物も厳選しました！　バターや砂糖なども、いつもよりお高目のものを使っております！

「そうか……」

お兄様はほんのり笑い、お茶を飲んだ。

レイ兄様、なんだかすっごく嬉しそう。やっぱり食い意地が張ってるんだな。

ていうか、お兄様、まだ二十代前半だもんね。激務だし、たくさん食べないと体もたないよね。

残りのフルーツケーキは、お土産に持たせてあげよう、と私は思ったのだった。

お茶の後、お兄様は「渡すのを忘れていた」と小さな箱を私に差し出した。

「え、なんですか、これ？」

「……この間、おまえからもらった組紐の返礼だ。受け取ってくれ」

そっぽを向いているお兄様の耳が、ほんのり赤くなっている。

ふふっと思わず笑うと、「なにを笑っている」と不機嫌そうに睨まれたので、私は慌てて真面目な顔を作り、その箱を受け取った。

「ありがとうございます、レイ兄様」

「ふん」

そっぽを向いてるけど、その耳はますます赤みを増している。

ふだんは怖いお兄様だけど、こういうところは可愛いなあ。口に出したら殺されるだろうから、もちろん言ったりはしないけど。

「わあ！」

箱に入っていたのは、見事な象嵌《ぞうがん》細工の髪飾りだった。光の加減によって虹色に輝いて見える黒い地色に、透かし彫りされた小花模様が金色にきらめいている。

「気に入ったか？」

ソワソワした様子で聞くお兄様に、私は何度も頷いた。

「すっごく素敵です！　……でも、これ、高かったんじゃないですか？」

黒金象嵌は王都でも人気の細工物だけど、透かし彫りの精緻さといい、地金の美しさといい、なんか私が街で目にしたものとは一線を画しているような……。

「ああ、気にするな、デズモンド家の収入は使っておらぬ。わたし個人の資産から購入した」

「そうなんですか」

お兄様個人の資産というと、魔法騎士としてのお給料で買ってくれたのかな。私も癒やしの魔術師としてのお給料から組紐を買ったし、それならもらってもいいかな。

「ありがとうございます、レイ兄様！　すっごく嬉しいです！」

「……そうか」

お兄様は目を細め、何かまぶしいものでも見るように私を見つめた。

「貸せ。つけてやる」

私の背後に立って髪飾りを持つと、もう片方の手でお兄様はそっと私の髪に指を滑らせた。

「おまえの髪は……、やわらかくて、美しいな」

つぶやくように言われ、私は思わず赤面した。

私の髪なんて、色は榛色で地味だし、おさまりの悪い巻き毛だし、そんな褒めてもらうようなものじゃないんだけど。

「あ、ありがとうございます……」

どこか落ち着かない気持ちで、私はお兄様に髪飾りをつけてもらった。「できたぞ」とお兄様は言うと、甘く微笑んで言った。

「よく似合っている」

うっ……。

お兄様、ふだんは無愛想の権化なくせに、たまにこういう、口説《くど》き文句みたいなセリフを立て続けに口にするのはなぜなのか。

「あ、あり、ありがとう、ございます……」

もうもう、なんか頭が沸騰しそうだ。

「あのあの、この後、神殿に行かなきゃいけないんで、ちょっと支度してきますね！」

そう言うと、私は慌ててその場を離れた。

籠に診療セットを詰めながら、私は気持ちを落ち着けるように深呼吸をくり返した。

お兄様は何の意図もなく、ただ家族として私を褒めただけだ。こんな風に意識してしまう、私のほうがおかしい。

そう自分に言い聞かせても、しばらく頬の火照《ほて》りが引かずに困ってしまった。

その後、なんとか気持ちを落ち着かせた私は、お兄様と連れ立って神殿に出向いた。

お休みに入る前、神殿の老神官が腰を痛めたので、時間ができたら診にきてほしいと言伝されていたからだ。

老神官が腰を痛めた原因が、孤児院の子どもを高い高いしてあげたためと聞いたら、休日とはいえ診に行かないわけにはいかない。

まあ、そんな大した術を使うわけではないから、施術は一瞬で済むだろう。

その後は、近場の小さい食料品店に寄って、食材を買って帰ろう。お兄様という、荷物持ちもいることだしね！

「お兄様、こちらでお待ちいただけますか？　診療が終わりましたら参りますので」

「ああ、わかった」

お兄様は頷き、神殿内の礼拝の間に置かれた椅子に腰かけた。

窓越しの光がお兄様を照らし、まるで聖画のようだ。黒ずくめの恰好のせいか、悔悛した悪魔っぽい感じがする。

隣に天使ミルを置いたら完璧なのになあ、とちょっと残念に思いながら、私は老神官の部屋へ向かった。

「いやあ、休日なのに申し訳ありませんなあ」

「これくらいなら、ぜんぜん平気ですよ」

予想通り、老神官の治療は一瞬で済んだ。

孤児たちの面倒を見るのは大変素晴らしいことですけど、お体には十分気をつけて！　と注意して、私は礼拝の間に向かった。

報酬は治療院に支払われるが、お礼として神殿で育てている野菜をいただいた。

これでちょっと遅いお昼ご飯を作ろう、と思いながら礼拝の間に待たせているお兄様の姿を探す

と、

——おお。

私は、思わず足を止めた。

お兄様が、うたた寝をしている。

私はそーっとお兄様に近づき、その顔をのぞき込んだ。

少し顔をうつむき加減にしているせいで、サラサラの黒髪が肩をすべり落ちている。

目を閉じていると、その非現実的な美貌がより際立つような気がする。人間というより、彫刻とか人形みたいだ。

お兄様、まつ毛がめちゃくちゃ長い。たぶん私より長い。いいなあ。

唇が少し開いて、いつもより幼く見える。

いつもは美しい、とか麗しい、という形容詞がぴったりのお兄様だが、こうして無防備に眠っている姿は、とても可愛く見えた。

非常にレアなお兄様の寝顔に、私は少し和んだ。

やっぱり疲れているんだろうなあ、と思うと、すぐに起こすこともためらわれ、私はお兄様の隣にそっと腰かけた。

礼拝の間を見まわすと、私たちの他は前のほうに老婦人が一人いるだけだった。

朝の礼拝も終わっているので、人が少ないのだろう。

私はふだん、神殿にはあまり来ることはない。

今回のように、病人や怪我人が出た時くらいである。

別に神様に恨みはないが、前世の記憶とかいろいろ考えると、素直に神様に感謝の祈りを捧げるとか、そんな気持ちになれないのだ。

だが、今、隣で眠るお兄様を見て、私は少し考え、祈りの形に手を組んだ。

神様、と心の中で呼びかける。

私は不信心者ですが、きっとお兄様は神様を信じています。

休む間もない激務の中、お兄様は騎士として国を守り、神に仕えています。

どうか神様、お兄様が健康でありますよう、その身をお守りください。

どうか、お兄様とミルが健康で、幸せでありますように。

そしてできれば、私もお兄様に殺されることなく、幸せな人生を送れますように。

「――神のみ恵みに感謝し、ここに祈りを捧げます」

祈りの決まり文句を小さくつぶやき、なんとなく清々しい気持ちで私は顔を上げた。

せっかく神殿に来てるんだから、やっぱり祈りの一つも捧げるべきだよね、あースッキリ！

と、そんなことを思った瞬間。

頭上が突然明るく光った。

何だろうと天井を見上げると、キラキラと輝く黄金の光が、天井から私に向けてふり注がれてきた。

光はなぜか私を包み込むように渦を巻き、私を中心にした光の柱のようになっている。

なんだこの光は。

「え、えええ……？」

私は顔を引き攣らせ、おろおろと周囲を見回した。

異変に気づいたお兄様が目を覚まし、驚いたように私を見ている。

「お、お兄様、これ……」

「ああ、なんと！」

私の声にかぶさるように、前の席に座っていた老婦人が私を見て声を上げた。

老婦人は両手を天に差し出すようにして、私に向かって叫んだ。

「ああ、聖女さま！」

老婦人は私たちにまろび寄り、床にひざまずいて手を合わせた。

……えっ？

私は、きらきらの光に包まれたまま、お兄様を見た。

お兄様も私を見た。

お兄様の顔には、初めて見る表情が浮かんでいた。

「……マリア……」

お兄様が喘ぐように私の名を呼んだ。

驚きと戸惑い、そして聖女に対する畏怖がにじんだ声。

あのお兄様が、私を恐れている。

「ああ聖女さま、どうか祝福を、どうか！」

老婦人が涙を流し、私に手を差し出す。

いや違うから、無理だから！　聖女とか、そういうのやめて！

私は自分にまとわりつく光の渦を、しっしっと手で払った。

が、光は消えず、キラキラと輝くばかりだ。

いや、ウソでしょ。なんでこんなことに。

まさか王都ではなく、フォール地方、それもお兄様の目の前で、偽聖女のフラグが立つなんて。

――神様、お願い助けてください！

私は今度こそ、心の底から神様に祈ったが、光はいよいよその輝きを強くしただけだった。

こ、これはもう……。

「お、お兄様、逃げましょう！」

私は光に包まれたままの状態で、お兄様の腕を引っ張った。

「……何を言っている」

お兄様が、ちょっと呆れた表情になった。

「この状態で、どこに逃げるというのだ」

「いやだって、こんなの神官に見つかったらマズいですよ！　聖女に間違われます！」

「……間違い？」

お兄様が残念なものを見る目で私を見た。

「間違いも何も、この光は、聖典にある記述そのままの奇跡ではないか。聖女を祝福する、神の光だ」

「いや違います、間違いです！」

私は素早く否定した。

「聖女とか何ふざけたことおっしゃってるんですかお兄様！　私が聖女のわけないじゃないですか！」

「………何をもって神が聖女を選ばれるのか、それは人知の及ぶところではない」

遠まわしに、なんでおまえが聖女に選ばれるのか自分も訳わからないって言ってますね！

だが私にはわかる。

これは、間違いなく破滅フラグ。スプラッターな血まみれエンドへと向かう、偽聖女設定が発動してしまったのだ！

「おお聖女さま……！」

老婦人が私に向かって両腕を差し出し、床にひざまずいたまま、うやうやしく拝礼する。

「お兄様、逃げましょうよう……」

私を拝む老婦人に、半泣きの私。なにこのカオス。

お兄様も困ったように私を見ている。

「……ともかく、神官に判定してもらう必要がある。来い」

「なんの判定ですか、やめましょうよ……」

首を振る私にかまわず、お兄様が私の手を引いて椅子から立たせた。

私は半泣き状態で、お兄様にドナドナされていった。

ああ、どうしよう。こんなキラキラ状態じゃ、神官だってうっかり聖女認定してしまうんじゃ?

あの猜疑心の塊みたいなお兄様でさえ、奇跡だの神の光だの言い出すくらいだし。

私だって、前世の記憶がなければ「ひょっとして私、聖女なんじゃ?」とかカン違いしてたかもしれない。

だが違う。断じて違うのだ。

これは、単なる破滅フラグ。聖女を騙る罪人エンドへと向かう、血まみれロードの通過点にすぎないのだ。

「……マリア、泣くのはやめろ」

ぐすぐす鼻をすする私に、お兄様が苦りきった表情で言った。

「なにをそんなに恐れている。聖女の判定が下されることの、何がイヤなのだ」

「……だ、だって、神官が間違って聖女認定して、その後で実は間違いでしたー! ってなったら、私、聖女を騙った罪で殺されます!」

「なにをバカなことを」

お兄様がため息をついた。

「もし神官が聖女認定を誤ったとしても……あり得ぬ話だが、ともかく、それでおまえの身に害が及ぶことなどない。おまえ自身が聖女を騙ったわけではないのだから。単に神官が間違えたというだけの話だ」

「……え？」

私は足を止め、お兄様の言葉を頭の中で反芻した。

神官の判定だから、私が聖女を騙ったことにはならない？　神官が間違っただけ？

「マリア？」

ででも、考えてみればその通りかも。

私が言い出したわけじゃないもんね。勝手にお兄様や神官が、こいつ聖女だ！　って言ってるだけだから、私が聖女を騙ったことにはならない……、たしかに！

「お兄様、天才ですね！」

「………」

おまえに褒められても嬉しくない、とお兄様の冷たい眼差しが雄弁に物語っているが、私の気分は一気に浮上した。

そうだよそうだよ、私はちゃんと否定したもんね！

もし神官まで私を聖女だなんだと言い出しても、それは間違いだときちんと言っておこう！

そうすれば、偽聖女断罪の破滅エンドからは、逃げられる……んじゃないかな？

そうして、私はビクビクしながら神官による聖女の簡易判定を受けたのだが。

結論から言って、私は神官から、正式に聖女と認定されてしまった。私にまとわりつく黄金の光に、強力な神力が認められたのだ。

しかもこの光、なかなか消えない。家に戻った今現在も、ほのかに全身が発光している。破滅の偽聖女設定、強い。

しかし、私は何度も何度も、それはもうしつこく何度もくり返し、「聖女なんて間違いです」「絶対に違います」と言い張った。

聖女顕現の一報は王都にも届けられる（しかもお兄様の手によって）ことになったが、その文書にも、必ず「ただし、聖女本人は否定している」の一文を入れるよう、私はお兄様に迫った。

「いいですか、必ず！　私が聖女だとか気の狂ったこと言ってるのは、神官とお兄様だけであって、私は否定していて無関係だ、とそう書いといてくださいね！」

「ああ、ああ、わかったわかった」

レイ兄様がうるさげに手を振る。

なんか、ハエでも追い払うような扱いなんですけど。

お兄様、ほんとに私のこと聖女だって思ってます？　いや、聖女ではないんだけども。

台所のストーブ前に設置された転移陣に入り、お兄様が言った。

「では、わたしは一度、王都に戻るが。……直に、おまえには王都の中央神殿から招請状が届くだろう」

「えっ」

な、なんで中央神殿から⁉

「聖女として正式に認められるためには、王都の中央神殿によるお墨付きが必須だからな。神官長がもう一度、おまえを鑑定することになる」

「お墨付きとか、いらないんですけど」

「そういうわけにはいかぬ」

レイ兄様は渋い顔で私を見て、ため息をついた。

「……おまえが、聖女としての名誉など望んでいないことはわかっている」

えっ⁉　ほんと⁉

私は驚いてレイ兄様を見た。

レイ兄様は、苦笑して言った。

「聖女として振る舞うなど、おまえには荷が重いだろうこともな。……おまえは、フォール地方での生活を心から楽しんでいる。今さら王都になど、戻りたくはないだろう」

その通りです！

えっ、なになにどうしちゃったんですか、お兄様！　なんか私のこと、ちゃんとわかってくれてるじゃないですか！

喜ぶ私に、レイ兄様は冷たく言った。

「だが、こうなってしまっては、もはやフォールに置いてはおけぬ。……何より、わたし自身が神の祝福を目の当たりにしたのだ。このまま看過できる事態ではない」

「そんなぁ……」

やっぱりレイ兄様はレイ兄様だった。鬼。悪魔。死神。血まみれの闇伯爵様め。

口に出してはもちろん言えない文句の数々を、心の中で延々つぶやいていると、

「――マリア」

お兄様が手を伸ばし、私の髪をすっと撫でた。

そのまま、私の髪をひと房、指にからめると、お兄様はそっと私の髪に口づけた。

「……えっ」

「おまえが何を恐れているのかは知らぬが。……約束しよう、必ずわたしがおまえを守ると。おまえの髪ひと筋とて、損なうような目には決して遭わせぬ」

え、え……。

なになに突然どーしちゃったんですかお兄様。

そんな、そんな言葉。まるで騎士の誓言みたいじゃないですか。

戸惑う私をよそに、お兄様は言うだけ言うと、さっさと転移陣を起動させて王都に戻ってしまった。

置いていかれた私は、しばらくぼんやりと台所に立ち尽くしていた。

なんかなんか、お兄様がかっこ良かった。いや、見た目はいつもかっこいいんだけど。

それにお兄様、まるで騎士みたいだった。いや騎士なんだけど！

私はなぜか赤くなった顔を押さえて、その場でじたばたした。

聖女認定をされてしまい、破滅エンドまっしぐらな今現在、早めに対策を考えなきゃいけないっ

て、そう思うのに、

——必ずわたしがおまえを守る。

お兄様の低い声が耳によみがえり、私はドキドキしてしまった。

もー、顔のいい人がかっこいいこと言ったりすると、必要以上にかっこよく見えて困る。うっかりお兄様にときめいちゃったじゃないか。

第7話

王妃様とお兄様と私

「本日は恐れ多くも王妃殿下にお招きいただき、まっこ、……誠に光栄に存じます」

噛んだ。

本番で噛んだーー！

私は引き攣った笑みを浮かべながら、なんとか作法通りにカーテシーをした。

こ、このまま足元のふかふか絨毯に吸い込まれ、埋まってしまいたい。

ぬおお、あんだけ練習したのに、たった五秒の挨拶で噛むとか、どんだけ本番に弱いんだ自分。

落ち込む私に、王妃様からお言葉がかけられた。

「あなたがデズモンド伯の妹君なのね。ずっと会いたいと思っていました」

えっ？　という驚愕の声を、すんでのところで私は飲み込んだ。

あぶないあぶない。

そっと顔を上げると、にこにこと優しそうに微笑む王妃様と目が合った。

王妃様は、柔らかそうな金髪に淡い緑色の瞳をした、上品な美女だった。年齢的には親世代のはずだが、とてもそうは見えない若々しさだ。

あ、よかった優しそう、とひそかに胸を撫で下ろしていると、視界のすみっこに、リリアの姿を見つけた。王妃の私室に控えているということは、リリアは王妃様に気に入られているらしい。良かった良かった。

「も、もったいないお言葉でございます」

私がへこへこ頭を下げると、

「デズモンド伯にも、何度も王宮に連れてくるよう頼んだのに、断られてばかりで」

王妃様の言葉に、私は思わず隣に立つお兄様を見た。

お兄様、王妃様のお願い断るとか、いろんな意味ですごい。

レイ兄様は、黙ったままそっけなく礼をした。

王妃様を前にしても、清々しいくらい普段通りの無愛想さを貫いている。その心の強さ、少し分けてほしい。

先日、謎の光に包まれて偽聖女設定が発動してしまった私だが、お兄様の言う通り、中央神殿から果たし状……ではなく、正式な聖女鑑定のため、招請状が届いた。

仕方なく王都に戻ってきたのだが、中央神殿に行く前に、なぜか王妃殿下から呼び出しをくらったのだ。

なんで王妃様が？　とお兄様に詰め寄ったのだが、

「さあな。聖女をご覧になりたいのではないか？」

とふざけた答えしか返ってこない。

そんなわけあるか。それならなおさら、中央神殿の鑑定前に呼び出すわけないじゃないか。

宮廷におけるドロドロ人間関係には、さっぱり疎い私だが、しかし、さすがに我がデズモンド家に関する噂くらいは承知している。

おそらく王妃様は、お兄様の出生にまつわるあれこれや、両親の死に関する何らかの情報を、私に伝えようとされているのではないだろうか。

私はそっとレイ兄様を見上げた。

レイ兄様も来てくれたということは、もちろんレイ兄様も一緒に王妃様のお言葉を聞くってことだよね。

うーん、大丈夫かな。

お兄様、ふだんは死体の話をしながら平気でお肉を食べるような、鋼のメンタルの持ち主だけど、血縁関係の話となると、とたんにナーバスになるからなー。

私が悩んでいるうちに、王妃様が人払いをしてしまった。

護衛や侍女たちが部屋を下がっていく。リリアも、そっと私に微笑みかけると、王妃様の私室から退出した。

「お兄様、お兄様」

私はお兄様の袖を引き、そっとささやきかけた。

「お兄様も一緒にお話を伺って、大丈夫なのですか?」

「……何が?」

お兄様の表情に、動揺した様子は見られない。

聡いお兄様だから、王妃様の意図に気づいていないってことはないと思うんだけど……。

「まあ、本当にデズモンド伯とその妹君は仲が良いのね」

王妃様の言葉に、私ははたと我に返った。

「も、申し訳ありません」

居住まいを正す私に、王妃様は優しく言った。

「いいえ、デズモンド伯にはこれまで苦労をかけましたからね。気づかってくれる身内がいることは、喜ばしいことです」

おお、さりげなく「苦労をかけた」っておっしゃった！

それってやっぱり、お兄様の出生関係で？

「……もったいなき仰せ」

お兄様がぜんぜん嬉しくなさそうに言う。

なんていうか、もうちょっとさあ、感謝の気持ちを持とうよ、お兄様！

私がやきもきしていると、

「今日、デズモンド伯に無理を言ってあなたを連れてきてもらったのは、あなたに謝罪するためです」

王妃様は、しょっぱなから驚愕のセリフを口にした。

謝罪！　王族が謝罪って！　しかも私に！

私なんて、身内のお兄様にさえ、十年に一回くらいしか謝ってもらえないのに！

「お、王妃殿下、そのような、謝罪などと……、そのような、もったいない……、もったいないお言葉」

しどろもどろに言う私を見て、王妃様が優しく笑った。

「あなたは、本当にアンヌにそっくりね。彼女も優しく控え目な女性でした。……懐かしいわ」

王妃様の言葉に、私は体を固くした。

アンヌとは、私の母親の名前だ。

六年前、王宮からの帰りに、お父様とともに殺されてしまったお母様。

結末を知っていたのに、私は何もできなかった。

「殿下、両親について何か、新たにわかったことがあれば、どうかお教えいただきたい。……遠回しでは、妹には伝わりませぬ」

さりげなくお兄様にディスられている。王妃様の前でバカ扱いとか、あんまりです。

抗議の意思をこめてじっとお兄様を見つめると、なぜかお兄様の腕が腰に回り、抱き寄せられてしまった。

王妃様の目の前で何やってるんだ、こいつ！

……とは思うんだけど、正直、王族を目の前にした緊張のせいで足がガクガク状態で、抱えておいてくれるとありがたいかもしれない。

へにょっと力の抜けた状態で、お兄様に抱きかかえられていると、ほほほ、と軽やかな笑い声が響いた。

「わかりました、これ以上デズモンド伯を怒らせるのは得策ではありませんからね」

王妃様に手招きされ、私はお兄様に抱きかかえられたまま、王妃様のすぐ傍に近づいた。

ひい、王族にこんなに近づくなんて、緊張して吐きそう。いや今は吐いちゃダメ、吐くならせめてお兄様のマントに！

お兄様のマントを握りしめてぶるぶる震える私に、王妃様はささやくように言った。

「……六年前の、あの痛ましい事件には、わたしの実家が関わっているのです」

「え⁉」

私は礼儀を忘れ、思わず大声を上げた。

王妃様のご実家⁉　それって……。

「……あの、王妃殿下のご実家って？」

レイ兄様に小声で聞くと、深いため息が返ってきた。

「そこからか」

だって宮廷とか、一ミリも興味なかったんだもん！

王妃様のご実家とか、私に何の関わりもなかったもん、今の今までは！

「……王妃殿下のご実家は、南方に所領を持つダールベス侯爵家だ」

私はお兄様の言葉に首をひねった。

ダールベス侯爵家？　そんなの、小説の中で出てきたっけ。

そもそも小説内では、デズモンド伯爵夫妻の殺害犯は明らかになっていない。手掛かりさえ見つからなかったはずだ。

「恐れながら、ダールベス侯爵家があの事件に関わっていたこと、それ自体は周知の事実です。……ただ、王家がそれを認めなかったというだけで」

お兄様の淡々とした声に、わたしは現実に引き戻された。

そんなバカな。犯人がわかっているなら、なぜそいつは野放しになってるんだ！

「認めなかったわけではありません。証拠がないのです」

王妃様が厳しい表情で言った。しかしお兄様は、ハッと嘲るように笑った。

「ダールベス侯爵は、赤子だったわたしを手に入れようと画策しておりました。王妃殿下とてご存じのはず。だからこそ、ノースフォア侯爵家に拒まれたわたしを、父上に……、デズモンド伯爵に押し付けたのでは？」

「……状況だけを見れば、そうなるでしょう」

王妃様はため息をついた。

「しかし、何度も言いますが、証拠がないのです。ただの憶測や当て推量で、ダールベス侯爵家当主を処罰することなどできません」

「なるほど、証拠ですか」

お兄様は顔を歪めた。

「証拠さえあれば、ダールベス侯爵を捕らえていただけると？　リーベンス塔に収監し、その罪を問うとお約束いただけるのですか？」

「喜んで約束しましょう」

王妃様は静かに言った。

「アンヌはわたしの友達でした。……そしてレイフォールド・ラザルス、あなたはわたしの名付け子です。名付け子の不幸を誰が願うでしょうか？」

王妃様の言葉に、お兄様は眉根を寄せた。ふだんはお兄様の気持ちなんて、まったくわからないけど、今だけは別だ。

お兄様は、王家を疑っている。いや、疑っているというより、怒っているのだろう。王妃様が、私たちの両親を殺害した犯人がダールベス侯爵だと知りながら、放置していることを怒っているのだ。

「ああ、マリー……、許してちょうだい」

王妃様が、私に手を差し伸べた。

「わたしだってアンヌを、……あなたの両親を殺した犯人を捕らえ、罰したいと心から願っているのですよ。彼女が亡くなった時、わたしがどれほど泣いたことか」

泣くだけなら誰でもできる、とお兄様がつぶやくのが聞こえ、私はぎょっとした。いくら何でも不敬すぎませんかお兄様！

……でも、

「あなたが聖女かもしれない、とそう神殿側から報告を受けて、あなたのためにもあの痛ましい事件について話してあげるべきだと、そう思ったのです。……あの時、王家はできるだけのことをしました。わかってくれますね、マリー」

「……恐れ多いお言葉です、王妃殿下」

かしこまって頭を下げ、そう申し上げたけど。

しかしこれは、いかに私がアホでもわかるぞ。

王家は、聖女（かもしれない）がデズモンド伯爵家の娘と聞いて、慌てて王宮に呼びつけたのだ。

現在のデズモンド家当主、つまりお兄様は、王家の言うがまま動くような可愛いタマではない。出生の因縁もあり、王家はお兄様に対して高圧的に出られない状態だ。

しかし、聖女もデズモンド家当主と同じく、王家に対して悪感情を持つようでは困る。何とか聖女を抱き込み……というのは言葉が悪いが、少なくとも王家に忌避感を持たぬよう配慮を示した、というのが今回の裏事情だろう。

私は、苦々しい表情のお兄様と、悲しそうに私を見つめる王妃様、二人を交互に見つめた。

私は王家に忠誠を誓う末端貴族の一員にすぎず、王家に対して声高に不満を言い立てる気なんて毛頭ない。ていうか、破滅エンドを避けるためにも、王家からはなるべく離れた場所にいたいというのが本音である。

でも、そのために両親殺害の犯人を見逃すことができるかと言われれば、それは絶対にできない。無理だ。

お兄様が王家の意向に逆らい、両親殺害の犯人、ダールベス侯爵を罪に問うための証拠を探しているというのなら、私もそれを手伝いたい。

そもそも、ダールベス侯爵が犯人と目されている時点で、すでに小説の内容と齟齬が生まれているのだ。

もしかして、もしかしたら……、私が偽聖女として断罪されず、両親を殺害した犯人を捕縛する、そんな未来だってあるかもしれないじゃないか！


「お兄様、王妃様がおっしゃっていたことなんですけど」

その後、控室に移動してから、私はレイ兄様に言った。

「ダールベス侯爵が、お父様とお母様の……」

「その件については、わたしのほうでも調査している。おまえが関わる必要はない」

いきなりそうぶった切られ、私はうっと言葉に詰まった。しかし、ここで大人しく引き下がるわけにはいかない。

「王妃様は、証拠さえあれば犯人を処罰すると仰せでした。それなら」

「何度も言うが、証拠はわたしが探している。おまえは何もするな」

「なんでですか！」

私は思わず怒鳴った。お兄様相手に声を荒らげるなんて暴挙以外の何ものでもないが、事は私の両親殺害に関わるのだ。何もしないでいることなんてできない。

「私のお父様とお母様のことなんですよ！　私に何もさせたくないなら、なぜ王妃様のお話を聞くことを了承されたのですか！」

「それは……」

お兄様は珍しく逡巡し、ため息をついた。

「……いつまでも父上と母上のことを、おまえに隠しておくわけにはいかぬ。おまえが聖女となれば、いろいろな輩がおまえに近づこうとするだろう。その際、どこから悪意ある情報がもたらされるか、わかったものではない。それを防ぎたかった」

「あ……、そ、そうなんですか。それは、えっと、ありがとうございます……」

こういうところ、お兄様は案外、公平というか優しいというか……。

その気になれば王妃様の願いも踏みつぶし、私に一切、情報が入らぬようにすることも、お兄様なら可能だったろう。それをしなかったのは、私には両親の死に関する事実を知る権利がある、とお兄様が考えてくれたからだ。それはありがたいと思う。

しかし！

「なら、私が証拠を探すことだって、認めてくださっても」

「危険すぎる」

お兄様はスパッと言い、私を睨んだ。

「おまえはまだ、状況を飲み込めておらぬようだな。……ダールベス侯爵は、己の利権のためだけに、父上と母上を手にかけたのだ。そして未だに何の咎めも受けず、のうのうと暮らしている。ダールベス侯爵家は、王妃殿下のご実家だ。なまなかなことでは、その当主を裁くことなどできぬ。それを差し引いても、ダールベス侯爵は用心深く狡猾だ。おまえが聖女となれば、どのような手段を用いておまえを害そうとするかわからぬぞ」

「そ、それは……」

うーん。それはちょっと困るっていうか、怖いけど。でも……。

「この話はこれで終わりだ」

お兄様はそう言い、私の顔をのぞき込んだ。

「前にも言ったが、おまえのことは必ずわたしが守る。……が、おまえが不用意に動けば、それだけ危険が増すのだ。それを忘れるな」

第8話　偽聖女の設定力が強すぎる

うーむ、どうしたものか。

レイ兄様が過保護すぎる。

王宮で王妃様の話を聞いてから、私はずっと王都にあるデズモンド家の屋敷にいるのだが、その間、レイ兄様は仕事で屋敷を空ける時以外、ほぼ私に張りついているのだ。

いや、王妃様やレイ兄様の話から、自分が危険な状態にあるってことはわかったけどさあ……。

レイ兄様は、何くれとなく私の状態に気を配ってくれているが、しかし、これって軽い軟禁なのでは。

今日も、いよいよ中央神殿で聖女判定を受ける予定なのだが、朝からお兄様が私の傍を離れてくれない。メイドが強めに言ってくれたから部屋を出てったけど、じゃないと着替えまで手伝うとか言いかねない勢いだった。

あー、朝から気疲れがハンパない。

だが、聖女判定を受けるのに、一人で中央神殿に行けるかと言われれば、それはまた別の問題である。中央神殿から正式に聖女として認定されるかどうかで、この後の道筋がだいぶ変わってくるからだ。

小説の中では、私は勝手に聖女を名乗り、中央神殿の鑑定を避け、逃げ回っていた。そりゃそうだ。偽の聖女だって、自分でわかってたはずだもんね。

最終的に、お兄様に無理やり鑑定を受けさせられ、私は偽の聖女だとバレてしまう。それが中央広場での斬首につながるわけだから、私としてはここ一番の勝負どころと言えるだろう。

もし、聖女ではない、という鑑定結果なら、すみやかにフォール地方に戻ればいい。

えっ、聖女なんて私は言ってませんよ、お兄様とかフォール地方の神官とかがなんか言ってただけですよ、というスタンスを貫かせてもらう。

ただ、問題は……中央神殿も、私を聖女と認定してしまった場合だ。

この場合、どうするのが正解なのか、さっぱりわからない。

もちろん、私が聖女なんてあり得ない話だが、最近、あり得ないことが立て続けに起こっているので、油断はできない。

着替えを済ませた私は、お兄様と一緒に、中央神殿から迎えに寄越された馬車に乗り込んだ。

昨日は王宮、今日は中央神殿と、私の乏しい衣装事情が試される事態が続いている。

お兄様はいいなあ。騎士団の制服着てれば、たいていのケースは乗り切れるもんね。

それに制服って、それだけでかっこ良さが三割増しになる、魔法の装備アイテムだと思う。

特にお兄様みたいな、もともと美しい人が制服を着ると、見慣れている私ですら惚れ惚れするくらいの効果を発揮する。ほんと、美人は得だなあ。

隣に座るお兄様をじっと見つめると、お兄様が私の手をぎゅっと握った。

「おまえが心配することは何もない。たとえ神官長でも、おまえに無礼な振る舞いは許さぬ」

やる気に満ちあふれたお兄様に、不安しかない。

許さぬって、どう許さないつもりなんだ。お兄様の場合、即座に武力に訴えそうで怖い。

なんて言うか、お兄様は頭もいいし、こう見えて公平で優しいところもあるんだけど、肝心なところで話が通じないというか、一度頭に血が上ると人の話を聞いてくれないところがあるんだよね。

今はこうやって私に優しくしてくれてるけど、なにか誤解が生じたりしたら、問答無用で斬りかかってきそうな雰囲気がある。

私は、本当はお兄様が好きだ。十三年も一緒に過ごしてきたんだから、当然、情が移ってしまっている。いつか殺されるかもしれない、と怯えはしても、お兄様を嫌いにはなれなかった。

だって、お兄様は、本当はとっても優しい人だ。

見た目はいかにも傲慢そうな、貴族オブ貴族という感じの冷たい美貌をしているけど、私やミルに対して、大変わかりにくい愛情表現をしたりする。そしてそれが伝わらないと、拗ねたりするのだ。

不器用で、可愛い人だと思う。こんなこと言ったりしたら、それこそ殺されるかもしれないけど。

私は馬車の窓から外を眺め、ため息をついた。

あー、どうかどうか、聖女と認定されませんように。どうか、フォール地方で心穏やかに毎日過ごせますように。

心の中で祈ると、一瞬、ふわっと目の前に光の渦が現れたような気がして、私はぎょっとした。

いやいや、ちょっと冗談じゃないから！　こんな時にやめてよ、本当に！

私は慌てて、光を散らすようにしっしっと手で払った。

「……何をしている？」

いぶかしそうにお兄様に問われ、私は引き攣った笑みを浮かべた。

不用意に祈ったりすると、偽聖女設定が発動してしまうとか、ハードモードすぎないか。

ああ神様……いやいや、祈ったりしない、してませんから！


中央神殿に入るのは、久しぶりだった。

覚えている限りでは、五歳の時、魔力属性の鑑定のために、両親に連れてこられて以来ではなかろうか。

フォール地方の神殿とは桁違いのデカさで、神殿入口の両脇に塔門を備えた威容には、地域格差をひしひしと感じる。

塔門で馬車を降りると、すでに待ち構えていた神官に先導され、私とお兄様は神殿に入った。

規格外の大きさとはいえ、神殿の造りは基本的にどこも同じだ。入ってすぐのところにある祈りの場はかなり広く、誰でも出入り自由だが、そこを抜けて中庭を通り、控室に着くと、とたんに一般人の姿は見えなくなった。

「お待ちしておりました」

控室には、先導の神官とはまた別の神官が立っていた。

白いローブは他の神官と一緒だが、帯の色が紫色で、私は思わずレイ兄様を見た。

紫色の帯って、まさか神官長？

レイ兄様は動揺した様子もなく、鷹揚に頷いて神官に応えている。この度胸、どこから湧いて出るんだろう。

紫色の帯の神官が、床に手をつき、軽く手を滑らせたと思うと、継ぎ目のない床が、いきなり左右に割れた。

「えっ」

私が思わず後ずさると、先導してきた神官が、私たちを振り返って言った。

「どうぞ、こちらへ」

いや、こちらへと言われても。

動けない私の手を取り、お兄様がためらいなく足を踏み出す。

「え、ちょ、お兄様」

落ちる、と思わず体をすくめたら、床の下に階段があった。

「………」

お兄様の冷たい視線が痛い。

いやだって、普通は思わないじゃん、いきなり床下に階段が現れるとか！

私は赤面し、お兄様の後に続いてらせん階段を下りていった。神官たちも続いて階段を下りてくる。

神殿の控室の地下に、こんな隠し部屋みたいなのがあるなんてびっくりだ。

小説の中では、神殿の控室でさくっと鑑定されてたと思うんだけど。

階段を下りると、そこはごつごつとした石壁で囲まれた、洞窟のような部屋だった。壁には何箇所か明かりが取り付けられているため、暗くはない。

しかし、さすが中央神殿。さりげなく設置されてるけど、これ、魔力を使用する明かりだ。火を利用した明かりではないため火事などの心配はないが、魔力をこめた石を使うため、とんでもなくお金がかかる。

あー、うらやましい。我が家にも設置したい……。

中央神殿の財力におののいてると、紫色の帯をした神官に「こちらへ」と部屋の真ん中へ誘導された。

部屋の中央には、腰くらいの高さの真っ白な細い円柱があり、円柱の上に透明な球体がはめ込まれていた。床には、円柱を中心に魔法陣が金泥で描かれている。

私は、魔術は学院で基本事項しか習っていないが、しかし、これは……、か、神の降臨というか、交信というか、なんかそんな感じのえらく大がかりな術式ではなかろうか。

ええ……、ちょっと、なんか、小説の中の聖女鑑定とはだいぶ様子が違うんだけど。

私は不安になり、お兄様を振り返った。すると、部屋の隅に他にも二名ほどの神官が控えているのがわかった。

あの人たちはなんなんだ。最初からこの地下室にいたのか。二人とも、フードを目深にかぶって顔を隠している。

なんでだ。顔を見られたらマズいことでもあるのか。

「どうぞ、こちらに手を当て、神へ祈りを捧げてください」

戸惑っていると、紫色の帯の神官が、そっと私の手をとり、透明な球体の上に置いた。

なんかこの神官、態度がやけにうやうやしい。最初っから私のこと、聖女と思ってないか。

やだなあ、と思いながらも、ここで逆らうような蛮勇さは持ち合わせていない。

私は大人しく、神官の言う通り、謎の球体に手を当てたまま神様への祈りを心の中でつぶやいた。

――神様、どうかどうか、私を聖女にしないでください。お願いします！

その瞬間、パアッと球体がまばゆい光を放った。

「おお！」

紫色の帯の神官が声を上げ、その場にひざまずいた。私たちを先導してきた神官も、それにならって膝をつく。

「間違いない……、おお、なんということ」

神官の声がふるえている。

「この光はまごうことなき神の祝福。聖女の顕現にございます！」

神官の言葉に、部屋がザワッと騒がしくなった。

えええ……。

イヤな予感はしてたけど、やっぱりそう来るか……。

しかし、「聖女にしないで」って祈ったら祝福の光が輝くとか、何の嫌がらせですか。

すると、部屋の隅に控えていた神官の一人が、すっと私に近づいた。

「……そなた、デズモンド伯爵家の令嬢、マリアだな。そなたが聖女だと？」

フードの下からのぞく皺だらけの顔が、苦々しい表情を浮かべている。

いや、あんた誰。

すると、レイ兄様が素早く私の前に出て、フードをかぶった神官と対峙した。

「きさま、聖女を侮辱するか」

お兄様、まだ何も侮辱されてないから、剣の柄《つか》に手をかけるのやめて！　それと、私を聖女って決めつけるのもどうかと思います！

「ふん。デズモンド家が、いかがわしい術でも使って、娘に聖女を騙らせておるのではないか」

「何だと」

フードをかぶった神官の言葉に、お兄様が気色ばむ。

「きさま、中央神殿が認めた聖女を、騙りと申すか」

お兄様が一気に剣を鞘から引き抜き、フードをかぶった神官へ剣先を向けた。

ちょ、待って、お兄様！　暴力反対！

「――待て」

すると、部屋の隅に控えていたもう一人の神官が、片手を挙げてお兄様を制した。

「その者の妄言を謝罪する。デズモンド伯、剣を納めてくれ」

だからお前ら、誰なんだ。

私が混乱していると、お兄様がため息をついた。そして、謝罪した神官を嫌そうに見ると、剣を鞘に納め、膝をついた。

「――殿下」

お兄様が、謝罪した神官に低く言った。

「何ゆえ、このような場に」

えっ、と驚いて私は二人の神官を見やった。

殿下?

今現在、王都で殿下という敬称を持つ貴人は、王族のみ。貴族なら当然、ぜんぶ覚えているべきなんだけど、私はその辺り、ちんぷんかんぷんだ。

えー、神殿入りした王族って、誰かいたっけ。

「……お兄様、ちょっと」

私はひざまずいたお兄様のマントを引っ張り、こそこそ囁いた。

「殿下って、あの謝罪した神官ですか? あの神官、誰なんです?」

「……おまえな……」

お兄様は立ち上がり、脱力した様子で私を見た。

すると、

「……聖女どのに、名も名乗らぬ非礼をお詫びする」

謝罪した神官が、さらに私にも謝ってきた。

ずいぶん腰の低い王族だなー、と感心していると、

「我が名はエストリール・リヴェルデ。聖女どのにはお初にお目にかかる」

神官は私の前に膝を折ると、すっと私の手をとり、軽く指先に口づけた。

はえー、さすが王族。気品がすごい。

私が毒気を抜かれてぼうっとしていると、お兄様が素早く私を神官から引き離し、背中へ隠した。

神官は、くすっと小さく笑って立ち上がった。

その拍子にフードが少しずれ、肩までの長さの、癖のない美しい金髪があらわになった。淡い緑色の瞳が、優しく微笑んでいる。

ザ・美青年！　という感じの気品あふれる顔立ちなのだが、私は何か、ひっかかるものを感じた。

なんだろう。どこかで見た顔だ。誰かに似ている……。

その瞬間、私は雷に打たれたような衝撃に飛び上がった。

王妃様だ！　この顔、昨日お会いした王妃様に似てるんだ！

そ、それにたしか、エストリールって……。

「ま、まさか王太子殿下……？」

「いま気づいたのか」

お兄様の呆れたような声に、私は蒼白になった。

なんてことだ。

まさか神殿で、最後の死亡フラグ、王太子殿下にお会いするとは！

驚愕する私の横で、お兄様が王子様に声をかけた。

「王太子殿下ともあろうお方が、伴の一人もつけずに城外を出歩くなど、感心しませんね」

お兄様の言葉に、にこにこと金髪美形の王子様が答える。

「一応、伴も一人、ついて来てるよ」

ほら、と先ほどお兄様に剣を突きつけられた男性を指し示す王子様に、お兄様はフンと鼻で笑った。

「わたしが申し上げたのは、腕の立つ護衛という意味です。あれでは盾にもなりますまい」

お兄様の言葉に、王子様の隣に控えていたその男性が、血管が切れるんじゃないかと心配になるくらい真っ赤になってお兄様を睨んだ。

王太子殿下とその連れに対する、あまりにも傲慢な態度に私はハラハラしたけど、王子様は軽く笑っただけだった。

なんだろう、王子様、慣れてる？

「レイフォールドの言葉は、耳に痛いな。今後は気をつけるよ。……でも今回は、僕が来なければ、ダールベス家の者たちだけがこの場に来ることになっただろう。それでも良かったのかい？」

ダールベス、という言葉にお兄様がぴくりと反応した。私を引き寄せて隠すように抱きしめると、お兄様は王太子殿下とその連れと向かい合った。

「……ダールベス家の騎士たちが、束になってかかってきたところで、わたしにかすり傷一つでも負わせられるとお思いか？」

謙遜や低姿勢などの美徳を生まれた時に捨ててきたお兄様が、傲慢に言い切った。

いつも思うことなんだけど、お兄様、たとえ王族相手でもまったく態度を変えないよね。

まあ考えてみれば、お兄様も王族の血を引いてるんだけど。しかし、やはり王国の最高権威に対してここまで強気に出られるって、度胸があるというか、図太くないとできないと思う。

「まったく君は、自信家だなあ」

王子様が朗らかに笑う。

臣下と主君というより、友達みたいな気安さだ。こんだけ態度のデカい臣下に、心の広い、優しい王子様だなあ。

私は感心して王子様を見つめ、そしてはっと我に返った。

いかんいかん。小説の中では、私は王太子殿下に身の程知らずにも想いを寄せ、そのせいで死ぬはめになったのだ。

たしかに王子様はいい方っぽいけど、あまり好意的に思うのは、良くないかもしれない。

「……先ほどの聖女鑑定の儀で、神官長はデズモンド家令嬢マリアを聖女と認定した。王家もまた、この判断を支持する。あの光は神力に満ちていた。聖典に記された通り、間違いなく神の祝福である」

王子様はお兄様と私を見つめ、はっきり宣言するように言った。

「王家は、聖女の顕現をたしかに認める。後ほど聖女顕現を寿《ことほ》ぐ祝辞を、国民に向けて宣布しよう」

「殿下！」

王子様の隣に控えた人が、動揺した様子で叫んだ。

「あれはデズモンド家の娘ですぞ！」

「だから何だ」

お兄様が、ふたたび剣の柄に手をかける。

「やめよ」

王子様が片手を上げ、隣の人を制した。

「神が選ばれた聖女に対し、不遜な物言いは許さぬ」

「しかし！」

その人はなおも言い募ろうとしたけど、お兄様が剣を抜くのを見て口をつぐんだ。

「レイフォールド」

王子様が、お兄様をたしなめるように名を呼んだが、

「聖女に対する冒涜は、その命で贖わせる。……聖典でも許された行為です。わたしがその者を害したところで、なんら問題にはなりませぬ」

いやいやいやいや。そういう、物騒な行為を正当化するために聖典を持ち出すのは、どうかと思いますレイ兄様！

そして空気と化した神官長ともう一人の神官、神殿で殺害が行われようとしてるのに、ぜんぜん止めに入る気配もないのはなんでなの⁉　そりゃ私だって、立場が逆なら、殺気立ったお兄様に逆

らうなんて自殺行為はごめんだけど！

お兄様にふたたび剣を突きつけられた人は、青い顔で、それでも強情に言い張った。

「そなたが聖典について語るとはな！　災いと死をまきちらす他、何の能もないそなたが、よくも言ったものだ！　そなたを引き取ったせいで、デズモンド伯夫妻は殺されたのではないか！　そこの娘、そなたの両親を奪ったのは、この男ぞ！」

その言葉に、お兄様が怯んだのがわかった。剣先はその男に向けられたままだが、私を抱きしめる手がかすかに震えている。

「お兄様」

私が呼びかけると、お兄様は肩を揺らして、私の視線を避けるように横を向いた。

あーもう、お兄様、血縁関係の話にはとことん弱いのね。どんだけトラウマなの。

「お兄様、もう帰りましょう」

私はお兄様の袖を引っ張って言った。

聖女認定されたことへの対策も考えたいし、お兄様がまた血縁関係のトラウマでうじうじするのもケアしなきゃいけないし。何より、小説の中の私の死を決定づけた、この麗しい金髪美形の王子様が傍にいると、落ち着かない。

すると、部屋の隅っこで空気と化していた神官長が、ハッとしたように動いた。

「聖女さま、お戻りになられますか」

駆け寄られてうやうやしく問われ、私は戸惑った。

……ここで、「ホホホ、そうよ案内なさい」とか言う度胸が欲しい。

すると、度胸では右に出る者のないお兄様が、剣を鞘に納め、神官長に向き直った。

「ではまず、王太子殿下をお連れせよ。我らは勝手に戻らせてもらう」

お兄様の言葉に、王子様が肩をすくめた。

「僕たちも勝手に戻るよ。ここに来たこと自体、公にはされていないからね」

「ならば尚更です。あなたに何かあれば、王妃殿下に対し申し開きが立ちませぬ」

お兄様は神官長を見やり、言った。

「王太子殿下をお送りしろ。……それからいい加減、地下の通路は塞いでおけ」

「それは困る」

王子様が笑って言った。

「今回ここに秘密裏に来られたのも、あの地下通路のおかげなのに」

お兄様がため息をついた。

「今回の件は、王妃殿下にすべて報告いたします」

「うん、わかってる。大人しく叱られるよ」

相変わらずにこにこしている王子様。強い。

お兄様はもう一度ため息をつき、王子様に軽く一礼して言った。

「では王太子殿下、御前を失礼いたします。今後はあまり軽々しく、お忍びで出かけられませんよう」

私もお兄様にならい、慌てて頭を下げた。

「失礼いたします、殿下」

王子様は私を見て、にこっと笑いかけてくれた。

「聖女どの、伴の者が無礼な振る舞いをして申し訳ない。……レイフォールドを頼むよ」

私たちのほうこそ、よっぽど無礼な振る舞いをしていたと思うのだが、王子様は寛大だった。ありがたい。

そしてお兄様を頼むとは、どういう意味だ。何かと物騒な猛獣を抑えとけって意味だろうか。

いや、無理です。


帰りの馬車の中で、お兄様はずっと無言だった。

ただ、屋敷に入る時、「後でわたしの部屋へ来い」とだけ告げて、また外に出ていってしまった。

「王宮へ」と言っていた声が聞こえたので、ほんとに王子様のお忍びをチクりに行ったのかもしれない。

昨日に引き続き、仕事人間のレイ兄様の時間を盛大に無駄遣いしてしまった。後で謝っておかねば。それから、両親の事件についても、きちんと話し合いたい。

王家とは別に、独自に調べているみたいだったけど、お兄様は、いつから知ってたんだろう。

出生から何から、お兄様に関する背景事情が重すぎる。小説の中では、妹である私の不祥事もあったし、人生苦労の連続だなあ。かわいそうに……。

私はいったん部屋に戻り、少し休むことにした。

昨日、今日と気の張る出来事が続いて、ちょっと疲れてしまった。やっぱり私は、王都には向いていない。宮廷に出仕とかしないで良かった。

メイドも部屋から下げ、私は少しだけ休むつもりでベッドに横になった。

中央神殿には聖女と認定されてしまった上、王太子殿下にまで会ってしまった。

これからどうしよう。

目をつぶると、心配事が次々と脳裏に浮かぶ。ああ、早くフォールに帰りたい……。

「――マリア……」

うとうとしていたら、低く優しい声で名前を呼ばれた。

意識は覚醒しかかっているんだけど、まだもう少し眠っていたくて、私は聞こえないふりをした。

「マリア」

肩をそっと揺さぶられる。

それでも目をつぶっていると、ちゅっ、と柔らかい何かがこめかみに押しつけられた。

「え⁉」

驚いて起き上がると、お兄様が素知らぬ顔でベッドの横に立っていた。

「起きたか」

ちらりと私を見る、お兄様の両耳が赤い。

「えっ、ちょ、ちょっと！　お兄様、何なさったんですか今！」

「……何もしていない」

じゃなんで目をそらすんだ！

「いっ、いま、ここ、ここら辺にちゅって……」

「おまえが起きぬからだ」

何その理屈！

お兄様は咳払いし、私から視線をそらして言った。

「おまえがいつまで経っても部屋に来ないから、様子を見に来たのだ。……疲れたのなら、話は明日にするが」

「あ、起きます、すみません」

私は素早くベッドから降り、窓際の小さなソファをお兄様にすすめた。

お兄様の話って、神殿でのことだよね。重い話はさっさと終わらせるに限る。お兄様は朝食を摂りながら、胃もたれしそうな話をサクッとするけど、あれはやめてほしい。

お兄様は私と向かい合わせになるよう、ソファに腰掛けた。

考えてみると、私の部屋にお兄様がいるなんて、ずいぶん久しぶりだ。いつも、お兄様の部屋に呼び出されてお説教されるのが日常化してるしね。

「初めに言っておく。中央神殿で、王太子殿下の件の者が言っていたことだが、あれは事実だ」

「え？」

ソファに座るなり、お兄様がいきなり言った。

「え、何のことですか？　王太子殿下のお伴の方って、あれですか、お兄様に剣向けられて青くなってた人？」

「そうだ」

「あの人、なんかいろいろ言ってませんでした？　私が、いかがわしい術を使って聖女を騙ってるとか」

「……そのことではない」

お兄様は、はあ、とため息をついた。

「わたしが、父上と母上を殺したと言っていただろう。あの話だ」

「えっ」

私は驚いてお兄様を見た。まさか。

「え……、レイ兄様、まさかその剣で、お父様とお母様をザシュッと……？」

「そうではない！」

お兄様の剣を指さして言うと、お兄様がぎょっとしたような顔で怒鳴った。

「おまえは何を考えている！　わたしがそんなことをするわけがなかろう！」

「じゃ、魔術で……？」

「違う！　私は殺していない！」

じゃなんで自分が殺したなんて言うんだ。

お兄様は私を見て、深いため息をついた。

「はっきり言わぬと、おまえには伝わらんな。……わたしが殺したわけではないが、結果的には同じようなものだ。知っているかもしれんが、わたしは、現国王の妹姫と、隣国の第一王子との間に生まれた不義の子だ。父上と母上は、わたしを引き取って育てたがゆえに、政争に巻き込まれて殺されたのだ」

「……それは、お兄様のせいではないのでは」

「わたしのせいだ」

お兄様は頑固に言い張った。

「王太子殿下の外戚であるダールベス侯爵家は、先代までは伯爵だった。まあ、成り上がりだな。さらに言うなら、現国王は側室の血筋だが、わたしの母親は正妃の娘だ。血筋としては、わたしのほうが上だと主張する馬鹿どもが、王太子殿下を支持するダールベス家と、愚にもつかぬ争いをくり返していたのだ」

お兄様は、苦々しい顔で言った。

「両親が暗殺されたのは、そのせいだ。……わたしを引き取って育てたのは、将来、わたしを王に担ぎあげるためだと邪推されたのだ」

「いや、まさかそんな。デズモンド家は権力とは無縁ですよ」

私は思わず突っ込みを入れたが、レイ兄様は吐き捨てるように言った。

「それをわかっているのは、おまえだけだ。父上や母上が、権力など欲しがってはいないと、そのような理由でわたしを引き取り、育てたわけではないのだと、おまえにはわかっている。だが、ダールベス家にはわからなかった。いや、宮廷の誰にもわからなかったのだ。権力になど目もくれぬ、奢侈になど心動かされることのない人間が、この世に存在すること自体、奴らには理解できなかったのだ」

お兄様は暗い瞳で虚空を睨んだ。夕暮れの光が窓越しに差し込み、お兄様の顔を照らしている。

静かに怒っているお兄様は、美しいんだけど、やっぱり怖い。

「王妃殿下が秘密裡に調査されたが、両親はダールベス家の雇った暗殺者によって殺されたのではないかということだった。わたしも調べてみたが、結果は同じだった。状況からみて、犯人はダールベス家の者で間違いないだろう。……が、やはり証拠は見つからなかった」

お兄様は一瞬、悔しそうに顔を歪めたが、大きく息を吐くと続けて言った。

「貴族の暗殺に、王妃殿下のご実家が関わっていたと知れれば、宮廷は大混乱に陥るだろう。だからわたしは、王位争いから降りたことを表明するため、デズモンド家の爵位を継承し、騎士として王太子殿下に仕える誓いを立てたのだ」

お兄様は小さくため息をつき、私を見た。

なんだか悲しそうな顔だった。

「……本来なら、わたしが名乗るべきではない家名だ。ミルが成人した後は、爵位はミルに譲るつもりでいる」

「え、でも爵位を譲ったら、お兄様はどうなさるんですか」

「どうもならん。騎士をつづける」

「えええ……」

私は戸惑ってお兄様を見つめた。

これは想定外の展開だ。

ミルが成人するまでのつなぎとして伯爵を名乗り、その後は無爵となるなんて、お兄様の使い捨て感がひどい。そんなことしたら、私とミルのほうが悪役になる気がするのですが。

「えー……、お兄様、べつに爵位をミルに譲る必要はないのでは？　こう言ってはなんですが、ミルよりお兄様のほうが、絶対、領主に向いてますよ」

ミルは頭はいいのだが、優しすぎて領主には向いていなさそうな気がする。

どちらかと言えば、文官として宮廷入りし、何かしらの研究職を得るのが本人も周囲も一番幸せな道ではなかろうか。

そう指摘すると、お兄様は軽くかぶりを振った。

「ミルならば、いい領主になる。元々、わたしはいなかったはずの人間だ。ミルが受け取るはずのものを、わたしが掠め取っているのだ。それは正さねばならん」

「……お兄様、ミルには優しいですね」

前々から思っていたが、お兄様はミルにすごく気を使っている。小説の中でも、偽聖女の私を庇ったとしてミルを罰しようとする動きがあったのだが、お兄様の鶴の一声でミルは無罪放免となった。

もしかして、お兄様はずっとミルに対して罪悪感を持っていたのだろうか。

元々ミルのものだったはずの爵位を名乗ったことを、後ろめたく思っていたのだろうか。

しかし、世が世なら、お兄様は王族として、蝶よ花よと大事に育てられただろう存在だ。それなのに、由緒だけはあるが財力は下から数えたほうが早い貧乏貴族として生きていくことになってしまったのだから、それを後ろめたく思う必要なんて、まったくないと思うのだが。

お兄様のトラウマ、根が深い。

私はお兄様の陰鬱な顔を見つめ、ため息をついた。

第9話 憧れの人（ミル・デズモンド）

僕にとって、レイ兄さまは憧れの存在だ。

優しく強く、頭脳明晰。騎士団随一の魔法騎士としてその名を広く知られている兄さまは、国立魔術学院でも伝説的な存在のようで、入学以来、僕は毎日のように兄さまについて尋ねられている。

いわく「デズモンド伯って、気に入らない人間は氷漬けにするって、ほんと？」とか、「怒ると自動的に暗黒のブリザードが吹き荒れるって、ほんと？」とか、いくらなんでも誇張しすぎ！　って話が多い。

まあ、暗黒のブリザードについては、たまに……、ほんとにたまーに、吹き荒れることもあるんだけど。

そう答えると、

「やっぱり！　なんかいかにもそんな感じしますよね！　『われにその魂を差し出すがいい』とかおっしゃりながら、あの黒い剣を振り下ろしていそうです！」

友達は、興奮したように言った。

いや……、うん、レイ兄さまは、悪魔でも邪神でもないからね？

なんでだろう。やっぱり、リヴェルデ王国では珍しい、あの黒髪と黒い瞳のせいなのかな。とても綺麗だしかっこいいと思うけど、見慣れない人には怖く思えるのかもしれない。

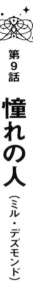

そう答えると、友達の一人は苦笑して言った。

「いやー、黒いからどうこうっていうんじゃなくて、デズモンド伯はなんか、立ってるだけで迫力があるでしょう？」

「そうそう！　なんかオーラありますよね！　お血筋からしてやっぱり……」

言いかけた友達が、慌てたように口をつぐんだ。

「いや、うん、まあとにかく、すごいお方ですよね。ただちょっと、なんていうか……、怖くないですか？」

そう聞かれ、僕は口ごもった。

怖くない……、と言えばウソになる。

めったにないけど、レイ兄さまに叱られる時は、この世の終わりかってくらい恐ろしい。

兄さまは、決して僕に手を上げたりしないけど、あの黒い瞳にじーっと見つめられ、低ーい声で「ミル」って呼ばれると、それだけで気絶しそうになってしまう。

兄さまには、なんか他の人にはない迫力がある。うん、友達も言ってたけど、こういうのをオーラって言うんだろうな。

それはやっぱり、兄さまが王族の血を引いているせいもあるだろう。

誰も表立っては口にしないけど、レイ兄さまは隣国とリヴェルデ王国、二つの国の王族の血を引く、とても高貴なお方だ。

しかし、いろいろと面倒な事情から、兄さまはわがデズモンド伯爵家に引き取られた。

父さまは生前、「レイには成人後、ふさわしい地位を用意してやらんとなあ。こんな貧乏伯爵家の跡取りとするには、あれは能力が高すぎる」と苦笑しておっしゃっていた。僕もそう思う。

でもレイ兄さまは、あまり地位とかお金とかには執着がなさそうだ。ノースフォア侯爵が後継者たる子息を亡くされてから、なんとかレイ兄さまを迎え入れようと、デズモンド家に何度も申し入れをされているみたいだけど、レイ兄さまはそれらをことごとく断っているから。

僕だって、レイ兄さまがずっとウチにいてくれたらなあ、とは思うけど、それはなんていうか能力の無駄遣いというか、非常にもったいない話だってわかってる。

第一、デズモンド家の当主である限り、レイ兄さまはマリ姉さまと結婚できない。

それって、すごくかわいそうだ。レイ兄さまは、ずーっとマリ姉さまを想っているのに。

昔から、レイ兄さまはマリ姉さまのこと、すっごく大切にしているなあ、とは思っていたけど、それが家族としての情ではなく、異性に向ける特別な想いなのだと知ったのは、マリ姉さまの十三歳の誕生日のことだった。

当時のデズモンド家は、屋敷全体が暗い雰囲気に包まれていた。

当主夫妻を殺害された上、その直後にマリ姉さまが国立魔術学院へ入学して屋敷を出たこともあって、屋敷は火が消えたような寂しさだった。

そんな時、マリ姉さまは誕生日を祝うためという名目で、少し長めのお休みをもらって学院から屋敷へ戻ってきてくれた。たぶんこれって、屋敷に残った僕やレイ兄さまのことを気遣ってくれてのことだと思う。

貴族が誕生祝賀会のために、学院側に長期休暇を申請するのは、ままあることだ。王族や高位貴族の跡取りなんかだと、一か月近く休んで挨拶やら何やらであちこちを飛び回っていることもあるし。

だが、わがデズモンド伯爵家は、自慢ではないが貴族間のつながりが縦にも横にも一切ない。完全に浮いている。

貴族の誕生祝賀会は、いわば公的な人脈形成、もしくは政争の場として使われる機会であるから、社交界ぼっちのデズモンド家はこうした行事とは無縁だ。個人的に親しくしている人からは、お祝いのメッセージや贈り物が届いたりするけれども。

だから、マリ姉さまがわざわざ誕生日のために学院から戻ってきてくれた時は、ああ僕らのこと心配してくれてるんだなあってわかって、とても嬉しかった。

レイ兄さまも同じ気持ちだったと思う。デズモンド伯爵を名乗ってまだ日も浅く、毎日忙しくしていたのに、マリ姉さまが屋敷に戻った日と誕生日は、きっちりお休みをもらって屋敷でソワソワしていたから。ただ、実際にマリ姉さまが戻ってくると、「この試験の点数はなんだ」ってマリ姉さまの成績に小言を言ってたけど。もー、素直じゃないんだから。

マリ姉さまの誕生日当日は、三人でちょっと豪華な昼食を摂り、その後、屋敷の中庭を散歩した。……ていうか、手入れを怠って荒れた中庭の雑草処理をした。あの頃は忙しかったし、デズモンド家内部も混乱してて、庭なんか荒れ放題だったんだよね……。

レイ兄さまが闇の魔法で雑草を枯らしてくれたのだけど、その際に庭園に植えられた花まで一緒に枯らしてしまい、マリ姉さまに文句を言われていた。

「……これは雑草ではないのか？」

「違いますよ！　これはお母様が植えられた花じゃないですか！　ほら、ちょうど花も咲いているでしょ、これですよ」

マリ姉さまは、かがんで小さな白い花を一輪摘み、はい、とレイ兄さまに差し出した。

「……小さい花だな。雑草と見分けがつかない」

「またそういうこと言って。もー、お兄様ってばほんと情緒がないんですから」

マリ姉さまはブツブツ言って、レイ兄さまのほうを見ていなかったから、気づかなかっただろうけど。

その時レイ兄さまは、マリ姉さまから渡された花にそっと口づけ、大切そうに胸ポケットにしまっていた。

僕はそれを見て、ああ、そういうことか、と腑に落ちたのだ。

レイ兄さまは、マリ姉さまを特別に想っている。家族としてではなく、もっと違う感情、激しくて重い、でもとても繊細な感情を、マリ姉さまに向けているんだって。

だけど、どうしてマリ姉さまはレイ兄さまの気持ちに気づかないんだろう？　他人には何の興味も見せないレイ兄さまが、あれだけうるさ……、細やかな心配りをみせるのなんて、マリ姉さまくらいなのに。

レイ兄さまはマリ姉さまのために、王妃付きの侍女という、貴族令嬢憧れの就職先までもぎ取ってきた。マリ姉さまはおっとりしているから、学院卒業後の身の振り方がどうなるか心配だという理由のほかに、たぶん、自分の手の届く範囲でマリ姉さまを守ってあげたいって思ったんだろうなあ。

しかし、マリ姉さまはレイ兄さまの用意した就職先を蹴り、フォール地方へ行ってしまった。

正直、どうしてなのか理解できない。

百歩譲って宮廷に上がるのがイヤなのだとしても、なにもフォール地方に行かなくても……。わがデズモンド家の領地ではあるけれど、フォール地方は中央から遠く、これといった売りのない辺境の地だ。領民はのんびりしていて、平和で良い領地だとは思うけど、伯爵令嬢がわざわざ王都から赴いてまで、働くような場所ではない。

でも、マリ姉さまはレイ兄さまの猛反対を振り切って、フォール地方で働きはじめてしまった。姉さまがあれほど頑固に自分の意志を貫いたのは、初めてのことだ。きっと、よほどの事情があるんだろう。そう思うと、もう何も言えなかったけど……。

その後のレイ兄さまは、見るも哀れなほど落ち込んでいた。ぼんやりと窓を眺めてため息をついたり、マリ姉さまみたいに何もないところでつまずいて転んだりしていた。

「レイ兄さま、どうしてマリ姉さまに何もおっしゃらないのですか?」

学院に入学する直前、僕はたまりかねてレイ兄さまに言った。

レイ兄さまは屋敷の執務机に座り、書類をさくさく片付けていたが、僕の言葉に驚いたように顔を上げた。

「マリアに何を言えというのだ」

「レイ兄さまの気持ちです」

僕が真っ直ぐにレイ兄さまを見つめると、レイ兄さまは困ったように視線をそらした。

「……おまえは、わたしの気持ちを知っていると言うのか？」

「マリ姉さま以外、屋敷の全員が知ってると思います」

僕の返事に、レイ兄さまは苦笑した。

「そうか」

レイ兄さまは、淡々と答えた。

「どちらにせよ、いずれマリアは他家に嫁ぐ。わたしが何か言ったところで、あれを煩わせるだけだ」

「でも、ノースフォア侯爵家から」

「その話を受ける気はない」

レイ兄さまは迷うことなく断言した。

「ノースフォアは、……あの家は、かつてわたしを引き取ることを拒んだ。その結果、どうなったと思う。引き取り手のない厄介なお荷物を押し付けられ、父上と母上は政争に巻き込まれて亡くなった。わたしを引き取ったせいで……」

「兄さまのせいじゃありません！」

僕は思わず大声を上げた。

レイ兄さまが、そんな風に思っていたなんて。

父さまと母さまが殺されたのは、絶対にレイ兄さまのせいなんかじゃない。

でもレイ兄さまは、

「とにかく、おまえが気を揉む必要はない。……それに、マリアはもうわたしの気持ちを知っている。知った上で、あれは王都を出たのだ」

「ええ⁉」

僕は驚いてレイ兄さまを見た。

「え、レイ兄さま……、あの、えっと、マリ姉さまに告白を？」

「いや」

レイ兄さまはふいと横を向いた。両耳が赤い。

「だが、マリアは知っていた。……恐らく、以前からのことだ。だからマリアは、王都から去ったのだ」

「えええ……」

そうなのかなあ。それにしては、マリ姉さまの態度がフツーすぎると思うんだけど。もしレイ兄さまが自分に恋心を抱いていると知れば、もうちょっとこう、なんかあるんじゃないだろうか。

「……これでいいのかもしれぬ」

レイ兄さまは、自分に言い聞かせるように小さくつぶやいた。

「フォールは王都から遠く、平和な地だ。騒がしい王都より、よほどマリアに合っている。……このまま、遠く離れていたほうが……」

どうしよう、レイ兄さまがすごく悲しそうだ。

兄さまのために何かしてあげたい、と思ったけど、僕にできるのは、マリ姉さまがフォール地方から屋敷に戻ったら、レイ兄さまと二人きりになるよう、陰で手を回してあげることくらいだ。

メイドに「マリ姉さまがレイ兄さまと一緒にいたら、そっとしておいてあげてね」と頼むと、

「大丈夫ですわ、ミル様。元々、ご当主様とマリア様がご一緒の時は、わたくしどももなるべくお邪魔をしないよう、心がけておりますから」と返された。

……やっぱり兄さまの気持ちはバレバレなんだな。ほんとになんでマリ姉さまにはわからないんだろう。

やきもきしながら見守っていると、学院にいる僕に、衝撃の知らせが飛び込んできた。

なんと、マリ姉さまが聖女に認定されたというのだ！

え、ウソ。なんの冗談？

「あの、レイ兄さま、どういうことでしょうか。マリ姉さまが聖女って……」

慌てて学院から屋敷に戻った僕に、リビングのソファに座ったレイ兄さまが落ち着き払って答えた。

「どうもこうもない。わたし自身、フォールの神殿でマリアが祝福の光に包まれるのをこの目で見たのだ。中央神殿の神官長も認めている。……王太子殿下も聖女鑑定の儀に同席され、マリアを聖女として認めると仰せだった」

「じゃ、じゃあ、ほんとのほんとに、マリ姉さまが聖女……？」

「そうだ」

レイ兄さまはいつも通り落ち着いているけど、どこか剣呑な雰囲気が漂っている。

「あの、なにか問題でもあるんですか？」

「……聖女鑑定の儀に、ダールベス侯爵家の人間がいた。王太子殿下の件として、神殿にまで入り込んでいた」

ダールベス、という言葉に、僕は眉根を寄せた。

レイ兄さまの話だと、ダールベス侯爵が両親暗殺の黒幕のはずだ。どうしてそんなやつが。

「王家は、ダールベス家と完全に袂を分かつ気などないのだろう。利用できるものは、何でも利用するつもりだ。……わかっていたことだがな」

ハッ、とレイ兄さまは嘲るように笑い、顔を歪めた。

「兄さま、ダールベス侯爵が何かたくらんでいるのですか？　もしマリ姉さまに……」

「大丈夫だ」

レイ兄さまはソファから立ち上がると、僕を安心させるように力強く言った。

「もう決して、ダールベス侯爵の思い通りにはさせぬ。心配するな」

「はい……」

ダールベス侯爵が何を仕掛けてこようが、レイ兄さまなら、きっと何とかしてくれる。そこら辺は、ぜんぜん疑っていない。

でも、レイ兄さまは大丈夫なんだろうか。

レイ兄さまはすっごく強いけど、僕とマリ姉さまを守ろうとして、自分を危険にさらしたりしないだろうか。

「……レイ兄さま、気をつけてくださいね」

僕の言葉に、レイ兄さまはふっと表情を和らげた。

「おまえは優しいな」

ぽん、と僕の頭の上にレイ兄さまの手が軽く置かれる。子どもの頃からの習慣で、こうしてもらうと気持ちが落ち着き、不安が吹っ飛ぶ。

レイ兄さまは何も言わないけど、いつも僕たちを守るために頑張ってくれている。

大切な兄さまのために、僕も何かできたらいいんだけどなあ。

第10話　祝賀会

聖女鑑定の儀から三日後、中央神殿から正式な書状が届いた。

私を聖女として認めるというものだが、なんか、お、王様の署名まで入ってるんですけど。

その上さらに王宮から、聖女顕現を祝う祝賀会を、一週間後に開催するという通達がもたらされた。

……あああああ。

ウソでしょ。

私が聖女なんて、ウソでしょ。

聖女顕現の祝賀会なんて、王都、いや王国全土に私が聖女だって言いふらしてるようなものじゃないか。

いや、聖女の存在を知らしめるための祝賀会なんだから、それで間違ってはいないんだろうけど。

でもでも、聖女自体が間違いなんだよーー!!

「姉さま、落ち着いて」

どうしようどうしようとおたおたする私を、学院から急遽、戻ってきたミルが慰めてくれた。

ミルも一週間後の祝賀会に、聖女の身内として出席しなければならないのだ。とんだとばっちりなのだが、相変わらずミルは優しい。

リビングのソファで懊悩する私に、ミルは優しく言った。

「マリ姉さま、大丈夫ですよ。僕、前回の聖女顕現を祝う関連行事についていろいろ調べてみたんですけど、聖女さまはだいたい、そこにいてにこにこしてれば大丈夫みたいです」

「そうだ。おまえは黙って立っていればよい」

お兄様もそう言ってくれたが、でも、聖女に祭り上げられること自体が間違いなのだ。どこにも大丈夫なポイントはない。

それに、もう一つ問題がある。

「……祝賀会で、着るドレスがありません……」

正直言うと、これが一番心配だった。

バカな悩みだとはわかっている。わかっているが、しかし、王都の主要貴族を集めた祝賀会で、裾の擦り切れたドレスを着て堂々としていられるような、そんな度胸は私にはない。

「いま着ているドレスでいいのではないか？　……よく似合っていると思うが」

お兄様のふざけた返事に、私はくわっと目をむいた。

「これ綿の普段着ですよ⁉　袖にはシミもあるんですよ⁉　この服で祝賀会に出ろとか、よくそんなひどいこと言えますね！　お兄様はいいですよ、騎士団の制服着ればいいんですから！　ミルだって学院の制服があります。でも私は！　私にはお仕着せがないんです！　ドレスだって、二年前に作ったっきりで、しかもそれはこの前、王宮に行くのに着てしまったのに……っ！」

私の剣幕に、お兄様が珍しく引いている。

「……わたしは、そういったことには不案内なのだが……、そういうものなのか、ミル？」

「僕もあんまりくわしくはないですけど、たしかに今、姉さまが着ているドレスで祝賀会に出るのは、問題かもしれません」

二人でこそこそと話し合っている。

男兄弟は、こういう時はてんで助けにならない。私は頭を抱えた。

あー、どうしよう。今からドレスを仕立てても、祝賀会には間に合わない。とすると既製品を購入するか、誰かから借りるしかないが、そんな当ては……。

そこまで考えて、私ははっとひらめいた。

そうだ、あったよ、あった！　ドレスがあったっ‼

「お兄様、ミル、失礼します！　夕食は私、部屋で摂るので、二人で召し上がってください！」

それだけ告げると、私は部屋を飛び出し、脱兎のごとく駆け出した。

よかった、いや、祝賀会に出るのは良くないが、でもとにかく、まともなドレスで出席できれば、後の問題は後で考えればいい！

私は廊下を歩いていたメイドをつかまえ、探し物を伝えた。

「どうかしら、屋敷に残っている？　捨ててしまったかしら」

「いいえ、捨ててはいないはずです。奥様の部屋を探してみますね」

「ありがとう！　見つけたら、私の部屋に持ってきてもらえる？」

私はメイドに礼を言うと、急いで私室に戻った。

祝賀会は一週間後だが、何とか間に合うだろう。

ていうか、間に合わせるしかない。でなければ、裾の擦り切れたドレスか、普段着のドレスで出席することになる。

なんとしても、それだけは避けなければ！

しばらく待っていると、メイドが重そうに籠を抱えて部屋に入ってきた。

「いかがでしょうか、お嬢様？　こちらは虫食いもカビもなく、十分着用可能かと思われますが」

「ありがとう！　十分だわ！」

私は籠に積まれたドレスを見て、手を叩いて喜んだ。

それは、お母様の残されたドレスだった。

お母様が亡くなられた後、思い出すのが辛くて整理もできず、そのままにしておいたのだが、まさか今回、それが役立つことになろうとは。

「奥様は着道楽でいらっしゃいましたから、たくさんドレスが残っていました」

「そうねえ、お母様のご実家は裕福だったから、お母様、衣装持ちだったのよねえ……」

そこそこ金持ちの伯爵家のお嬢様だったお母様が、なんでわざわざ貧乏な上、出世の見込みもないお父様に縁づいたのか、謎である。

だが、そのおかげで今回の難関を乗り切れる。さすがにドレスの型が流行遅れなので、手を入れる必要はあるが、一週間もあれば何とかなるだろう。

「……お母様、ありがとう」

私は肌触りのよいドレスを撫でながら、小さくつぶやいた。

そうして、メイドと一緒になって針を飛ばし、糸を走らせること一週間。

「……はい、お嬢様、右手を挙げてください、そのまま……、はい、できました！」

「やったー！」

私とメイドは、互いに針と裁縫ばさみを持ったまま、ぴょんぴょん飛び跳ねて喜んだ。

お母様のドレスリメイクは、大成功だった。

鏡に映った姿を見ても、自画自賛になるが、ふだんとは似ても似つかぬ品のある美しい令嬢がこちらを見返している。馬子にも衣装とはまさにこのこと、と私は鏡に映るドレスにうっとりした。

ドレスは、深い緑色のビロードの生地に、レースの飾り襟が上品な仕立てだ。

元々、袖はパフスリーブになっていて、全体的に上半身に重さのあるスタイルだったのを、上半身はタイトに、腰までぴったりと体の線に沿い、そこから下はふわりと広がって裾にかけてボリュームを出すようなスタイルに仕立て直した。上半身は細いが、下半身太めの私のためにあるような流行に感謝だ。

鏡の前で、最後までドレスの調整を手伝ってくれたメイドと一緒に、きゃっきゃと喜んでいると、強めにドアを叩く音が聞こえた。

「マリア、もうそろそろ出発せねば、遅れるぞ」

メイドがドアを開けると、お兄様とミルが、しびれを切らしたように部屋に入ってきた。

お兄様は騎士団、ミルは学院の制服を着ている。そして二人とも、私がお土産に買ってきた組紐で髪を束ねてくれていた。

「お兄様、ミルも、とっても素敵です」

私の言葉に、ミルはにこっと笑った。

「マリ姉さまも、すっごく綺麗です！　きっと、今日の祝賀会でも、一番綺麗です！」

ミルの素直な称賛に、私は嬉しくなってその場でくるっと回ってみせた。

「ありがと、ミル！　レイ兄様、どうですか？」

褒めて褒めて、とお兄様を見ると、

「……え？」

私は驚いて声を上げた。

お兄様は、ぽかんとして私を見ていた。驚いたような、呆けたような眼差しをしている。

滅多に見ないお兄様の表情に、私はなんだか恥ずかしくなって咳払いした。

「あの、レイ兄様、これお母様のドレスなのですが……、どうでしょう、似合ってますか？」

「え？　……ああ」

お兄様は、我に返ったように瞬きして、私から目をそらした。お兄様の両耳が赤い。

「ああ……、そうだな、似合っている」

恥ずかしそうに言うお兄様に、私までなんだか照れてしまった。

お兄様、妹を褒めるのさえこんなに恥ずかしがってたら、本命のご令嬢には声もかけられないいんじゃなかろうか。

そんな余計なお世話なことを考えていると、ミルが焦ったような声を上げた。

「姉さま、そろそろ出掛けないと、本当に遅れてしまいます！」

慌てて屋敷を出発した私たちは、馬車が王宮に近づくにつれ、少しずつ無口になっていった。

いや、お兄様はふだんから饒舌なタイプではないから、正確に言えば、私とミルの口数が減ったというべきか。

だって、街の様子があきらかにいつもと違う！

王城の周囲は貴族たちの馬車で混み合い、大通りには派手な飾りつけがしてある。ちらっと見えた立て看板には、祝・聖女！　とかなんとか書かれていたような……。

怖いので、見なかったことにしよう。とにかく、まるで大きなお祭りのように王都全体が浮き立っているのを感じる。

「……なんかお腹痛くなってきた……」

「姉さま、大丈夫ですよ。これは王宮内の、内輪のお祝い……のはずですから」

ミルの声も、どこか弱々しい。

たしかに、どこが内輪なんだと言いたくなるほど、大々的に聖女顕現を祝っている。

「いくらお祝いだっていっても、盛り上がりすぎでしょ……」

呻くように言う私に、レイ兄様が不思議そうに言った。

「おまえを聖女と認め、祝っているのだ。何も気にすることなどなかろう」

「気にしますよ……」

お兄様の図太さが羨ましい。

王宮に入ると、さらに事態は悪化した。

「ウソ……」

私たちが到着するなり、待ち構えていたと思われる騎士団の方々が、ざっと整列して私たちを出迎えたのだ。しかも、

「やあ、レイフォールド」

騎士団の先頭でにこにこと手を振っている、金髪もまばゆい美形に、私は倒れそうになった。

「殿下」

お兄様も、さすがに驚いた顔をしている。

そりゃそーだ。なんで王太子殿下が、わざわざ臣下を出迎えてるんですか！

お兄様は顔をしかめ、王子様に軽く礼をした。

「殿下みずからお出迎えいただくとは、恐縮です」

「そう嫌な顔をしないでくれ」

ははは、と王子様は爽やかに笑った。

お兄様のしかめっ面にも動じないとは、この王子様、神殿でも思ったが、なかなかの強者ではなかろうか。

「レイフォールドは王宮に来ても騎士団に詰めっきりでなかなか会えないし、それに前回、聖女どのとはろくに話もできなかったしね」

にこっと笑いかけられ、心臓が止まりかけた。

「……も、もったいないお言葉、恐悦至極に存じます」

ちょっと噛んだが、許容範囲。私にしては上出来だ。

頭を下げたまま、ふう、と思わず息を吐くと、ひょいと王子様に顔をのぞき込まれた。

「君はとても可愛らしいね。レイフォールドの妹とは思えないな」

あまりに間近に王子様の顔があり、私は悲鳴を上げるのを必死にこらえた。

「こちらは弟君かな？　顔立ちは聖女どのに似ているね」

ミルも王子様に近寄られ、私と同じように硬直している。

「……殿下」

固まる私たち二人を、お兄様がさっとその背に庇ってくれた。

「お戯れはほどほどになさってください」

「ごめんごめん、レイフォールドを怒らせるつもりはなかったんだけど」

王子様はにこにこ笑いながら言った。

「それに今回は、聖女どのを丁重に出迎えよ、と王からのご命令もいただいているし。僕の独断ではないからね」

「……過分なご配慮、痛み入ります。では我らは、これから祝賀会に出席せねばなりませんので、これで」

「ああ、それから」

あからさまに迷惑そうなお兄様の態度にもめげず、王子様は続けて言った。

「聖女どののエスコートは、僕がさせていただくことになった」

「は⁉」

声を上げたのは、私ではなく、レイ兄様だった。

「何をバカな……」

レイ兄様、王子様にバカとか言って大丈夫なんかい。

だが私も、気持ちはお兄様と一緒だ。

惨殺エンドの原因である王子様にエスコートされるなんて、恐怖のあまり心臓止まりそう。ある意味、優しい死亡フラグ。

王子様はくるりと私に向き直り、微笑みながら私の手をとった。

「聖女マリアどの、どうかあなたをお守りする栄誉を、わたしにお与えください」

きらっきらの王子様スマイルに、私は心の中で絶叫した。

ぎぃやあああ！　さ、さすが死亡フラグ！

その後の小説の流れがわかっていても、ついくらっときそうなほど、王子様スマイルはまばゆかった。ただ、その後ろで雷雲を発生させているお兄様のおかげで、あっという間に現実に引き戻されたけど。

「今日の祝賀会には、ダールベス家も来ている。聖女どのをお守りするためは、僕が傍にいたほうがより安全だと思うよ？」

王子様の言葉に、お兄様がチッと舌打ちした。

王子様相手に舌打ちとか！　お兄様自由すぎます！

しかし、またダールベス家か……。王子様の外戚だけど、王子様も王妃様も、なんかダールベス家とは距離を置かれているようだ。

しかし、死亡フラグにエスコートされ、死刑執行人のお兄様にぴたりと背後に張り付かれた状態で、祝賀会に向かうとか。正直、神の悪意しか感じない。

王子様は、苛立った様子のお兄様に臆した風もなく口を開いた。

「そんなに怒らないでほしいな。何もかも君の言う通りにしているのだから」

「……その件につきましては、ご配慮いただき感謝しております」

お兄様が低い声で答えた。

何の話だろう。お兄様は騎士として王太子殿下にお仕えしているから、お仕事の話かな、やっぱり。しかし、いかにお仕事とはいえ、お兄様、王族相手にも自分の意見を押し通しているのか。さすがというか何というか。

考え込んでいると、王子様がひょいと私の顔をのぞき込んで言った。

「レイフォールドが気になる？」

近い、顔が近すぎる。

私はさりげなく王子様から一歩引いた。

ちらりと後ろを見やると、お兄様が悪鬼のような形相でこっちを睨んでいる。

ひいぃ！　ちょっと！　なんでそんな怒ってるんですか⁉　この状況、私のせいじゃありませんよ！

苛々した様子を隠しもしないお兄様の許に、部下らしい人物が慌てたように駆け込んできた。

「アレックス。塔で何かあったのか」

「いえ、それが……」

お兄様の問いかけに、全身を黒いローブで覆い隠した人物が、何事か答えている。

こんな時まで仕事とか、相変わらずだなあ。

お兄様の苦虫を噛み潰したような表情に、私はなんだか申し訳なくなってしまった。私のせいではない……、と思いたいけど、お兄様の忙しさの何割かは、私が聖女認定されたせいだろうし。

「ずいぶんとレイフォールドの機嫌を損ねてしまったようだ。困ったな」

少しも困っていない様子で、王子様がにこにこと言う。

私は、神殿でも思った疑問を、思い切って王子様にぶつけてみた。

「あの……、失礼をお許しください。殿下は、兄と親しくされていらっしゃる……のでしょうか？」

年齢はたしか、王子様のほうがお兄様より二つ上だが、お兄様は飛び級したから、卒業したタイミングは同じだったはず。

私とお兄様は入学と卒業が入れ違いだったから、お兄様の学院時代の様子を詳しくは知らないのだが、学生時代からずば抜けた魔力と剣技で有名だったお兄様に、王子様が興味を持ったとしてもおかしくはない。

何より、出生の因縁については、王子様もご存じのはずだし。

「僕は親しくしたいんだけどね、レイフォールドには人を寄せつけないところがあって。騎士の誓いを受けて、少しは仲良くできるかなと期待したんだけど、さっぱりだった」

王子様が肩をすくめて言う。

ああ、それわかるー。お兄様、基本的に人嫌いというか、人づきあいをめんどくさがってるところがあるから。

たまに屋敷に来る騎士団の方も、伝令とか仕事がらみがほとんどで、私的にお兄様の友人が遊びに来るとか、私の記憶では一度もない。

「だから、レイフォールドの妹君が聖女に選ばれたと聞いた時、ちょっと楽しみだったんだ」

ふふ、と笑う王子様に、私は首を傾げた。

「あのレイフォールドが、掌中の珠のように大切にしているという姫君に、ぜひ一度会ってみたかったんだよ」

それは大変な誤解です。……と言いたかったが、下手なことを言って後でお兄様にお説教されても困る。

私は引き攣った笑みを浮かべて王子様を見た。

「兄は、親代わりとなって私と弟の世話をしてくれましたので」

「ふうん」

王子様は片眉を上げ、私を見た。

「親代わりねえ」

なんか含んだ言い方だなあ、とは思ったけど、それよりもこの距離の近さが気になる。

私は助けを求め、ちらりと後ろを見た。

先ほどまでいた、お兄様の部下らしき人の姿は、すでにない。明らかに機嫌の悪い、背景に雷雲を発生させているお兄様と目が合い、私は慌てて前を向いた。

前も後ろも地獄。縮こまる私に、王子様が顔を寄せてささやいた。

「そんなに緊張する必要はないから、力を抜いて」

王子様にぐっと腰を引き寄せられ、私はあやうく悲鳴を上げそうになった。

「ぅおっ、王太子、殿下」

「エストリール」

王子様の顔が近い。そしてまぶしい。

「僕の名前は、エストリールだよ」

ひいい！　と私がのけ反ると、

「殿下！」

血相を変えたお兄様が、王子様の腕をつかんだ。

「それ以上のお戯れは、殿下といえど見過ごせませぬ」

「あー、すまない。……しかし、聞きしに勝る溺愛ぶりだね。うっかり聖女どのを口説いたら、レイフォールドに殺されそうだ」

王子様は笑いながら、私から手を放した。

溺愛ってなんだ、とか、うっかり口説くってどういうこと、とか突っ込みどころは山ほどあるが、それらすべてを横に置いても、

「マリア、大丈夫か」

「レイ兄様……」

正直言って、大丈夫ではないかもしれない。

こうも死亡フラグにガンガン来られると、やっぱり不安になる。私は、あの血まみれ惨殺エンドから、本当に逃れられるのだろうか。

死亡フラグと死刑執行人を両脇に従え、癒やしのミルははるか後方に逃げてしまっている状態で、私は祝賀会が開かれている王宮の大広間に到着した。

私たちの到着が知らされるや否や、大広間は大変な騒ぎとなった。

聖女、とかデズモンド家の、という囁き声が耳に入り、私は唇を噛みしめた。……まさかその聖女と呼ばれる人間が、ここから逃げることができるなら悪魔に魂を売ってもいい、とか考えているなんて、誰も思わないだろうなあ。

私はカチコチになりながら、国王陛下ならびに王妃殿下の前に進み出た。

柔和そうな王妃殿下とは違い、国王陛下は、罪人に対して情状酌量なんか一切しないよ！　って感じの、厳格そうな印象の白髪交じりの方だった。……私が偽聖女だってわかったら、即牢屋にブ

チ込まれそうで怖い。

「聖女マリアか。中央神殿での聖女鑑定の儀については、王太子エストリールから報告を受けておる。王家は神殿にならい、デズモンド伯爵家の娘、マリアを聖女と認め、その顕現を祝おう」

国王陛下のお言葉に、大広間がわっと歓声に包まれた。

私は頭を下げたが、嫌な汗が背をつたうのを感じた。

どういうことなんだ。これは、明らかに小説の流れと違う。小説では、マリアが聖女として王家に認められることなんて、当たり前だがなかった。

それに、神殿で聖女鑑定をされた後、試しに何度か祈ってみたのだが、どういうわけか毎回、祝福の光があふれ出るのだ。それとともに、体内を巡る神力もはっきりと感じとれた。しかも、なんか……、祈るたびに神力がどんどん強くなるのがわかる。

なぜだ。これじゃまるで、本物の聖女みたいじゃないか。

フォールの神殿で謎の光に包まれてから、どんどん小説とは違う道筋を進んでいる。

このままで大丈夫なのか？　それとも、どこかで軌道修正すべき？　でも、何をどうすれば正解なんだろう。

以前は、ただ王都から去り、聖女に関わるものすべてから離れていれば、それで大丈夫だと思っていた。しかしここに至って、中央神殿、王家の二大権力から聖女認定されてしまったのだ。いったいどうすればいいと言うんだ。

「……レイフォールド・ラザルス・デズモンド、こちらへ」

考え込んでいると、お兄様にも声がかけられた。

「そなたの婚約の裁可を求める書類を受け取ったが、これについては、それほど急ぐ必要はあるまい」

国王陛下のお言葉に、思わず私は、隣に立つお兄様を見上げた。

こ、婚約⁉　誰と⁉

お兄様は澄ました表情で、国王陛下を見返した。

「お言葉ですが、わたしの爵位継承と同時に式を挙げたいと考えておりますので、その前に婚約のご裁可をいただきたいのです。何か認められぬ理由でも？」

いっそ傲慢なほど堂々とした態度で、お兄様が国王陛下に言葉を返している。

いつもならその態度のデカさにハラハラするところだが、今はそれどころではない。私はもう、パニック寸前だった。

婚約って、婚約って、いったいどういうことなんだ。

それに、お兄様はいま現在、デズモンド家の当主であり、伯爵位を継いでいる。他の爵位を継承するとしたら、それは……。

「……わかった。しかたあるまい」

国王陛下は苦い表情で頷いた。私の隣で、王太子殿下が微かに笑ったような気配がする。

いやいやいやいや、なに笑ってんですか王子様！　ていうか、お兄様も！　婚約とか爵位継承とか、私ぜんぜん何も聞いてないんですけど！

陛下と王妃殿下の御前から下がってすぐ、私はお兄様の制服の袖を引いた。

「お、お兄様、お聞きしたいことが」

「待て、その前に片づけることがある。ミルにも声をかけてくるから、ここで待っていろ」

お兄様の視線の先を見ると、ミルが令嬢がたに囲まれておたおたしているのが見えた。

「私が行きますか？」

「いや、下手におまえが行くと騒ぎになる。……おまえが聖女として、社交界に顔を売りたいというなら話は別だが」

「ここで大人しくお待ちいたします」

即座に私は引き下がった。

「ではその間、わたしが聖女どのをお守りしよう」

にこにこしながら王子様が私の手を取った。

お兄様は一瞬、鋭い視線を王子様に向けたが、

「……それではわたしが戻るまで、マリアをどうぞよろしくお願いいたします。すぐ戻りますゆえ」

「うん、ゆっくりでいいよ」

なんかお兄様と王子様の間に、ピリピリした空気を感じる。なにこの緊張感。

つられて緊張する私を見て、王子様がくすっと笑った。

「聖女どの」

王子様が私の肩に手をかけ、ささやくように言った。

「ほら、見てごらん。相変わらず、レイフォールドは令嬢がたに大人気のようだ」

えっ、と私は驚き、王子様が指し示す方向を見た。

ミルの許に向かうお兄様に、令嬢がたがひっきりなしに声をかけている。お兄様は無表情のまま、最低限の礼儀で対応しているが、令嬢がたはめげずに会話を続けようとしている。

マジか、とわたしは自分の目を疑った。

「えっ……、ええ？　あの、兄は……、そのう、宮廷で」

「僕も負けるほどの人気ぶりだよ。特に女性にね」

ぱちりとウィンクする王子様。

……ああ、なるほど、と私は心密かに頷いた。

王子様、たしかにステキなんだけど、ちょっと……というか、かなりチャラい。

宮廷に出仕している令嬢がたは、切実に将来の夫探しをしているはずだから、王太子という高すぎる身分とこのチャラさは、大幅な減点ポイントになるんだろう。

その点、お兄様には、チャラさの欠片もないもんね。愛想もないが、逆に言えばあちこちで妾《めかけ》をつくったり、いきなり隠し子を連れてくるような甲斐性もなさそうだ。今は権力と縁遠いデズモンド家を継いではいるが、元々の血筋は王族、武力魔力ともに折り紙つきの実力者でもあり、将来的に出世の芽もある。

何より、見慣れた私でさえ、はっとするような美貌の持ち主だ。

そう考えれば、お兄様に適齢期の令嬢がたが群がるのは、当然ともいえる。宮廷に出仕している友達も、お兄様は女性に人気があると言っていたけど、正直、社交辞令だと思っていた。

お兄様って、モテモテだったんだな……、なんかショックだ。

ていうか、お兄様はもう、結婚相手を決めてしまってるんだよね。

いったい誰なんだろう。この祝賀会にもいらしているんだろうか。お兄様が結婚したい人って、どんな人なんだろう。

考えると、なんだか胸がモヤモヤした。

お兄様、なんで一言も私に言ってくれなかったんだろう。爵位継承のことだって、何も教えてくれなかったし。

お兄様がデズモンド伯爵ではなく、別の爵位を継承するということは、おそらくノースフォア侯爵家の後継者になるつもりなんだろう。

お兄様のお祖母様《ばあさま》は、先代の王の正妃だ。そのご実家は、リヴェルデ王国内に絶大な権力を持つノースフォア侯爵家である。

つまりお兄様はノースフォア侯爵家直系の血を引く人間だから、ノースフォア侯爵家を継ぐこと自体は、別におかしな話じゃない。

ただ、お兄様は小説の中では、ノースフォア侯爵にはならなかった。私を殺した時もデズモンド伯爵のままだったし（だから二つ名が『血まみれの闇伯爵』だったのだ）、それ以降もノースフォア侯爵となる流れはなかったはずなんだけど。

私が聖女として王家に認められたこともそうだけど、なんだかあちこちで、小説とは違う方向へ進んでいっているような気がする。

それは、いいことなんだろうか、悪いことなんだろうか。なんだか不安だ。

どうしてお兄様は、ノースフォア侯爵家の後継者になろうと決めたんだろう。

たしかにお兄様は、黙って自分一人で決めて、何もかも背負ってしまうようなところがあるけど、こんな大事なことまで何も言ってくれないなんて。

私はため息をつき、周囲を見回した。大広間の上座に王太子にエスコートされて立っているせいか、誰も近寄ってこない。

というか、近寄ろうとする貴族たちを、王太子の護衛と思われる騎士たちが容赦なくブロックしている。ありがたいんだけど、これでいいんだろうか。いや、聖女として挨拶しろとか言われても困るんだけど。

しかしお兄様、まったく嬉しそうに見えない。

宮廷の美姫たちを相手に、笑顔の一つも見せないとか、なんという鉄仮面ぶり。

ミルの許にたどり着いたお兄様は、ミルを背後に庇い、こちらからでもわかるほど冷え冷えとした表情で対応している。ちょっとは愛想よくすればいいのに、とやきもきしていると、先ほどお兄様に何事か報告していた、全身黒ずくめの部下らしき人がふたたび現れ、お兄様に声をかけていた。

あの人は誰なんだろう。アレックス、ってお兄様は呼んでいたけど……、どう見ても騎士ではなさそうだ。格好からいって魔術師だろうけど、お兄様、塔の魔術師ともつながりがあるのかあ。お兄様は魔法騎士だし、その関係だろうか。

「……あなたは、レイフォールドを気にしてばかりいるね」

王子様が私にささやいた。

その言葉に、私は少し考えた。

王子様は、なんだかんだ言って、お兄様を気に入っていらっしゃるように見える。それならば、これくらい言っても大丈夫ではなかろうか。

「兄はこれまで、私たちの親代わりをしてくれていましたので、あまり自分の将来について考える時間がなかったように思います。兄には幸せになってほしいので……」

そこまで言って私は、お兄様が婚約の裁可を国王陛下にお願いしていたことを思い出した。

「……あの、殿下は……、兄の結婚相手をご存じなのでしょうか?」

「え?」

王子様は目を見開き、私を見た。

「……あなたは、レイフォールドの結婚相手を知らないの？　……いや、まさかね」

そのまさかです。

でも、たしかにお兄様の身内がその結婚相手を知らないなんて、おかしな話だ。私は挙動不審に見えないよう、深呼吸して答えた。

「何というか、兄は……、いろいろと独断で物事を進めるきらいがございまして、私や弟は、兄の決定を知るのがだいぶ遅いことが多いのです。皆さまはどうなのだろうと、そう思いまして」

「ああ、そういうこと」

王子様は肩をすくめた。

「僕もだいぶ遅かったと思うよ。気づいた時はすでに根回しが済んでいて、本日、断りきれぬ状況でレイフォールドが父上を脅迫……ではなく、裁可のお願いをしたわけだからね」

脅迫って。まあ、たしかにお兄様の態度は堂々としすぎていると、私もそう思うけど。

「……この婚約が知れ渡れば、マイヤー侯爵家が地団太を踏んで悔しがるだろうな」

王子様はつぶやくように言った。

「……マイヤー侯爵家は、レイフォールドとの縁談によって、ノースフォア侯爵家と手を結ぼうと画策していた。レイフォールドは歯牙にもかけずその話を断ったわけだが、しかしあの時点では、レイフォールドにノースフォア家を継ぐ意思はないように思われた。だからマイヤー侯爵家もあっさり引き下がったというのに、今回、レイフォールドはノースフォア侯爵家を継ぎ、その上で婚姻を結ぶわけだからね。……まあ、それだけお相手が大事だったということなのだろうけど」

王子様が意味ありげに私を見た。

マイヤー侯爵家。お兄様が昔、けんもほろろにぶった切った縁談のお相手だ。

私は慌てて言った。

「いえ、あの、兄がマイヤー侯爵家との縁談を断ったのには、理由があるのです。その、兄は、貴族としては特殊なのかもしれませんが、独特の金銭感覚を持っておりまして、働かざるもの食うべからず、という信念の持ち主でして……」

ブフッ、と王子様が噴き出した。

「ええ？　何だい、それは。レイフォールドがそう言ったの？」

「あー……、正確には、もう少し違った言い回しですが。何せ我が家は貧乏なので、侯爵家のご令嬢には辛い生活を強いてしまう恐れもあり……」

実家の金を湯水のごとく使い、遊んで暮らすことを良しとする令嬢など、その家の恥だ。……とお兄様が言ったことは、伏せておいたほうがいいだろう。

するとと、王子様は怪訝な表情になった。

「貧乏？　だが、レイフォールドは……」

「殿下！」

その時、王子様の言葉をさえぎり、お兄様が私たちの許へ駆け寄ってきた。

「あ、お兄さ」

「失礼いたします殿下。マリア、帰るぞ」

お兄様のいきなりの退出宣言に、私と王子様は、え？　とそろって絶句した。

「……いや、待てレイフォールド。まだ聖女どのも着いたばかりで、貴族の誰にも挨拶していないのだが」

「今回の祝賀会は、聖女の存在を知らしめるためのものです。聖女と貴族とのつながりを作るためのものではない。逆に挨拶など、しないほうがよろしいでしょう」

「それはそうかもしれないが、しかし」

「御前を失礼いたします。来い、マリア」

強引に腕を引っ張られ、私は慌てて王子様に退出の礼をした。

「も、申し訳ありません、失礼いたします殿下」

王子様は、やれやれと首を振ってお兄様に声をかけた。

「しかたないな、わかった。少し早いが、この後は予定通りに進めるよ」

「……よろしくお願いいたします」

お兄様は苦々しい表情で王子様に告げると、さっさと踵を返し、大広間を後にした。お兄様に手を引かれ、私はほとんど走るように大広間に続く内廊下を進んだ。

「お、お兄様、あの」

「ミルはすでに馬車で待機させている。急げ」

お兄様のあまりの手回しのよさに、私はあっけにとられた。

「あの、どうかなさったのですか？　なぜこんな急いで」

「……王家にしてやられた」

お兄様の悔しそうな言葉に、私は首を傾げた。

「え？　してやられたって？」

「わからぬか」

レイ兄様は足を止め、私を振り返った。

奇妙に表情の抜け落ちたレイ兄様の顔に、私は不安な気持ちになった。

「レイ兄様、いったい……」

「王家は、おまえを望んでいるのだ」

お兄様の言葉に、私は首をひねった。

「何のことですか?」

「……王家は、王太子と聖女の婚姻を望んでいる。おまえと、王太子殿下の婚姻だ」

「えっ……」

あまりのことに、私はあんぐりと口を開けた。

「そんなバカな! いや、そんなの無理です、どう考えても無理!」

「珍しくおまえに同意する」

お兄様は、ほっとしたように息をついた。

「最初から、どうもおかしいと思っていたのだ。王太子みずからの出迎えやエスコートもな。……道理で王が婚約の裁可をしぶったわけだ。先ほど、手の者から報告を受けた。あのまま大広間にいつづけ、最後に王太子殿下と一曲踊れば、その場で内々に婚約が確定していた」

あー! お兄様の手の者って、あの全身黒ずくめの人か!

「王家は、外戚であるダールベス家の横暴を抑え、なおかつ聖女の威光を取り込むことを望んだのだ」

「前提条件として、私が王家に入ることそのものが無理なのですが!」

「わかっている。……最悪、王家としては、おまえを正妃ではなく側室として迎えるつもりもあったようだが」

「つまり、私のようなバカに正妃なんてつとまりっこないから、他のちゃんとしたご令嬢を正妃として迎え、私はお飾りの存在として王家に取り込むつもりだった、と。そういうことですか？」

「…………………」

お兄様の沈黙が、すべてを肯定している。いろんな意味でヒドい。

「……こちらのほうが近道だ。足元に気をつけろ」

お兄様に手を引かれ、内廊下を抜けた先にある回廊を出て、私は中庭に足を踏み入れた。

大広間からもれる灯りと月明かりで、王家ご自慢の美しい中庭が幻想的に浮かび上がって見える。

だが、今の私はその美しさを素直に愛でることもできないほど、ぐちゃぐちゃの心理状態だった。

「……あんまりです」

私は、耐えきれず、ぽつりともらした。

「王家の方々からすれば、そりゃ私なんか、ゴミクズみたいな存在なんでしょうけど。でも、だからってこんなやり方……」

王妃殿下を優しそうだ、とか、王太子殿下が寛大でよかった、とか。

そんな能天気な感想を抱いていた自分を殴ってやりたい。

実際は、王家の方々は、私なんか手駒の一つとしか思っていなかったのだ。

私の両親を殺害したダールベス家の手綱を取るために、聖女としての私を利用する。それくらいのこと、平気でできなければ、宮廷の頂点に君臨することなんかできないんだろう。それはわかるけど、でも。

「……王太子殿下は、おまえを気に入ったようだった」

お兄様がぽつりとつぶやいた。

「お兄様まで、やめてください。いくら私でも、そんなこと信じるほどバカじゃないです」

私は惨めな気持ちで言った。

バカな自分が情けなくて、涙が出てくる。

王家は私を利用しようとするし、お兄様は私に黙って結婚しようとするし、もう何もかもが最悪だ。

そりゃ、誰と結婚しようがお兄様の勝手だけど、でも、一言くらい、私に言ってくれても。

「……本当のことだ」

お兄様は、つないだ私の手をぎゅっと握りしめた。

「あの方は、たしかに政治的に必要ならば、蛇蝎のごとく嫌っている令嬢であっても、顔色一つ変えることなく婚姻を結べるだろう。だが、それとは別に、殿下にも心はある」

「へえ、そうなんですか？　私の心は平気で踏みにじってくださいましたけど」

刺々しく言う私に、お兄様が苦笑した。

「そういうおまえだから、政治的な理由とは別に、殿下はおまえを望まれたのだ。が、まあ、わたしもおまえを王家に渡すつもりはさらさらない。そこははっきりさせておいたから、心配はいらぬ。……だが、おまえも殿下にまんざらでもなかったのではないか？」

私の反応をうかがうように、ちらっとお兄様が私を見た。そのあんまりな言葉に、私は声を荒らげた。

「どうしてそんなことおっしゃるんですか！　お兄様こそ……！」

言いかけて思わず涙がこぼれ、私はお兄様から顔を背けた。

なんだろう。どうしてこんなに胸が痛いんだろう。

王家に利用されそうになったせいだろうか。それとも、お兄様が私に黙って婚約を決めてしまったせい？　もちろんそれは寂しいけど、でもこんなに怒るようなことじゃない。

いつものことじゃないか。お兄様は、何でも自分一人で決めてしまって、私とミルは慌てふためきながら、それでもお兄様の後をついていく。

結果的にお兄様が間違っていたことなんてないんだから、きっとこれでいいんだ。

そう思うのに、なぜか涙が止まらなかった。

お兄様が結婚する。

もうお兄様は、私の知らない誰かを、一生の伴侶として選んでいたんだ。

あんなに令嬢がたに人気があるんだから、別に不自然なことじゃない。私だって、お兄様の幸せを願っている。何も悲しむ理由なんてないのに。

「マリア!?」

お兄様がぎょっとしたように私の顔をのぞき込んだ。

「どうした、なぜ泣く。どこか具合でも悪いのか？」

「どこも悪くなんかありません！　お兄様が……、お兄様こそ、私に黙って婚約なさったくせに！」

私は泣きながらお兄様をなじった。

「なんで……、なんで何もおっしゃってくれなかったんですか？　誰と結婚するかくらい、そ、それくらい教えてくれたって」

「……そういえば、まだ言っていなかったな」

お兄様はおもむろにその場にひざまずいた。そして、つないだままだった私の手をとると、その指先にちゅっと口づけた。

「お、お兄様⁉」

私は唖然としてお兄様を見下ろした。

な、何をしてるんだ、お兄様は。

驚きのあまり、涙の引っ込んだ私を見上げ、お兄様が言った。

「わたしと結婚してくれ、マリア」

「……はっ？」

けっこん。結婚？　いやいや待て、そんなはずはない。

だいたいお兄様は、婚約の裁可を国王陛下にいただこうとしてたじゃないか。

……ん？　あれ、相手は私だったの？　いやまさか。本人が知らぬ間に勝手に婚約とか、いかにお兄様でも……、お兄様ならやるか？　え、待って。私とお兄様が結婚⁉

ぐるぐる考え出した私に、お兄様がため息をついた。

「もっと言わねばわからぬか？　――わたしは、おまえの身も心も欲しい。毎晩ベッドでおまえを」

「ぅわああああ！」

とんでもないことを言い出したお兄様に、私は大声を上げた。

「ななにを言い出すんですかこんなとこで！」

周囲に人影はないが、一応ここは王宮内。

どこで誰が聞いてるかもわからない場所で、なに平然と十八禁なセリフを口にしようとしてるんだ！

お兄様は立ち上がると、ぐいと私を抱き寄せた。

「マリア」

お兄様の瞳が炎を宿したように揺らめき、私を映し出している。私は言葉を失い、お兄様を見つめ返した。

こんなお兄様は初めて見る。何かに焦がれるような、苦しげなお兄様の顔が近づいてきて――。

ちゅっ、と音をたてて唇が離れ、それで初めて、私はお兄様に口づけられたことを知った。

「なっ、ななな、なになにを」

「愛している、マリア。――子どもの頃からずっと、おまえだけを想っていた」

耳をくすぐる低い声に、体が震えた。

「返事は？」

「いや、ちょっ……、ま、待ってください、ちょ、ちょっと」

私はお兄様の腕の中で、落ち着こうと深呼吸をくり返した。

「けっこん……、私と結婚って、どうして」

「わたしが嫌いか？」

「そういう問題では。ていうか、いきなりなんで結婚？」

「先ほども言っただろう。王家は、おまえを望んでいる。……だが、おまえは王太子殿下に嫁ぐ気はないのだろう？」

「それは……」

「あるのか？」

「ありませんよ！」

いきなり殺気を帯びたお兄様の目に、私は思わず大声を上げた。

「だいたい、王太子殿下が私に気があるとか、私もまんざらじゃなさそうだとか、そんなことおっしゃってたくせに、何なんですか！」

「あれは……」

お兄様が困ったように視線をさまよわせた。

「おまえは、殿下の傍にいても、嫌がっているようには見えなかった」

「そりゃまあ、きちんとエスコートしていただきましたし」

「話も弾んでいるようだった」

「お兄様のことを話してたんですけど」

「楽しそうに笑って、見つめ合っていた」

「お兄様」

私は呆れて言った。

「まさかとは思いますが、嫉妬してたんですか？」

「…………」

お兄様は、ごまかすように咳払いした。

「……とにかく、殿下に気持ちがないなら、わたしと結婚しても問題なかろう」

なんだそれは！　ていうか、そもそも求婚される理由がわからないんですけど！

「だいたい、なんでこんな急に婚約しようとするんですか⁉　私に一言もなく！」

「急がねば王家におまえを取られると思った。それに、ダールベス家の動きも気になる」

ダールベス家！　お兄様の言葉に、私ははっとした。

「お兄様、もしダールベス侯爵がデズモンド家に何かしようとしているなら」

「おまえは関係ない」

いや、どう考えても大アリだろう。

「ダールベス侯爵は、聖女としての私が邪魔なんですよね？　それなら、逆にこちらから仕掛けても」

お兄様は、じっと私を見た。

「前にも言ったはずだ。おまえが動けば、それだけ危険が増す、と」

「それは……、でも」

「おまえは、どうあっても自分の身を危険に晒したいのか？」

「違います！　……けど、ダールベス侯爵は私の両親の暗殺に関わっているんでしょう？　なら、私にもその証拠を探す手伝いをさせてください」

「マリア」

お兄様はぐっと私を抱き寄せ、吐息がかかるほどの距離まで顔を近づけて言った。

「誓い通り、必ずおまえはわたしが守る。……が、だからといっておまえが好き勝手に動いていいというわけではない」

「お兄様」

私はお兄様をじっと見た。お兄様の切れ長の黒い瞳が、私を射抜くように見つめ返す。

「王家もダールベス侯爵も、おまえを狙っているという点においては一緒だ。どちらもおまえの手に負える相手ではない」

「だからお兄様と結婚しろって言うんですか？　私の安全のために？」

「……そうだ」

少しの逡巡の後、お兄様が頷いた。

「それ、ひどくないですか？　身の安全のために結婚しろとか」

なんという最低なプロポーズだ。

せめてウソでも、もうちょっとこう……、いや別に、お兄様にロマンチックなプロポーズをしてほしいとか、そんなこと思ってるわけじゃないけど！

第11話 お兄様の物騒なスケジュール

「マリア。返事は」

「知りません！」

私はそっぽを向き、お兄様の胸を押し返した。

本当のことを言えば、お兄様の言う通りだってわかってる。

ダールベス侯爵と事を構えるというなら、デズモンド伯爵としてではなく、ノースフォア侯爵として相対したほうが有利だろう。王家が私を取り込もうとしても、そもそも婚約者がいれば婚姻の申し入れ自体ができない。それはわかっている。

わかっている、けど。

でも、なんか、なんか……、お兄様と結婚って！

「なぜ怒っている？」

「怒ってるわけじゃ……」

お兄様の視線を避け、私はうつむいた。

「マリア」

お兄様の低い声に、私はさっき聞いた言葉を思い出した。

なんかいろいろと最低なプロポーズだったけど、でも、お兄様は「愛している」って言ってくれたんだよね。

ちらりと視線を向けると、至近距離にお兄様の顔があり、私は驚いてのけ反った。

「ちょ、ちょっとレイ兄様！」

「わたしと結婚してくれ」

お兄様は私を抱き寄せると、懇願するように言った。

「わたしにできることなら、何でもすると約束する。だから……」

苦しそうな声に、私は驚いてお兄様を見た。

なんだろう。なんか、ほんとに……、お兄様が私に恋をしているみたいだ。

そう思った瞬間、かっと顔が熱くなり、私はお兄様を突き飛ばしてしまった。

「ちょ、あの……、ちょっと待ってください！」

「マリア」

「ちょっと考えさせてください！　いまは無理！」

叫ぶように言うと、お兄様は小さくため息をつき、私の手をとった。

お兄様の手の感触に、私はびくりと飛び上がった。思わずその手を振り払おうとすると、

「おまえの気持ちはわかった。……だが、ミルを待たせている。馬車まで案内するだけだ、何もしない」

お兄様の沈んだ声に、ちょっと気持ちが揺れた。

しかし、またさっきみたいなことになったら、今度こそ心臓が爆発して死ぬと思ったので、私は

黙ってお兄様の隣を歩いた。

ちらりと見上げると、さっきまであんなことをしてたとはとても思えない、俗世を超越した月の精霊のように麗しい顔をしたお兄様に、胸が苦しくなった。

性格がアレなのに、なんでこんなに美形なんだ。神様は間違っている！

遠くに大広間のざわめきが、かすかに風にのって聞こえてくる。

お兄様と二人で、王宮の夜会を抜け出して、こんな風に手をつないで中庭を歩くなんて、なんか、傍から見たら、こ……、恋人同士、とか思われるかもしれない。

お兄様と恋人同士とか、ありえない。

ありえないんだけど、でも、お兄様、さっきの口ぶりだと、なんかずっと私のことを好きだったみたいだ。

なんで私？　とは思うけど、でも、嫌な気持ちはしない。ていうか、嬉しい。

そっか。お兄様、私のこと好きだったんだ。

その時、ふと私はひらめいた。

そういうことなら、お兄様に殺されるあの惨殺エンドは、回避できるのかもしれない。

お兄様だって、さすがにずっと好きだったという私の首を刎ねるとか、そんな非道なことはしないだろう。

「……よかった」

思わずもれた私のつぶやきに、お兄様が私を見た。

「何がよかったのだ？」

「ああ……、その、お兄様が私を好きになってくださって、よかったと思って」

これで死なずに済む！　……かどうかはわからないけど、とりあえずお兄様に首を刎ねられる可能性は低くなった。それだけでも今は良しとすべきだろう。

「……わたしがおまえを想っていても、かまわないのか？」

ためらいがちにお兄様が聞いた。

私が頷くと、確かめるように私の顔をのぞき込んだ。

「迷惑ではないと？」

「……はい」

なんか恥ずかしい。

「ではわたしの妻に」

「それとこれとは別です！」

もー、すぐその話を蒸し返す！

「迷惑でないのなら、いいではないか」

「よくないです」

「どうすれば承知してくれる？」

「今はダメです」

「いつならいい？」

「とにかく今はダメです！」

お兄様と押し問答を続けている内に、いつの間にか馬車の前に来ていた。

すでに馬車で待っていたミルの隣に座ると、続いてお兄様も中に乗り込んできた。

さすがにミルの前でプロポーズの件について話すつもりはないらしく、お兄様はただミルに「待たせてすまぬ」とだけ告げた。

どうでもいいけど、お兄様、ミルには素直に謝るんですね。私には十年に一回くらいしか、謝ってくれないくせに。

お兄様は、馬車を出すよう御者に声をかけると、なぜか腰に佩いていた黒い長剣を、鞘からスラリと引き抜いた。

あまりに自然な動きで抜き身の剣を手にするお兄様に、私とミルは顔を見合わせた。

ミル聞いてよ。

いや、姉さまが。

イヤよ、なんか怖い返事されそう。

僕も怖いです。

……という無言の会話を私とミルでしていると、

「二人とも、いいか」

お兄様の静かな声に、私とミルは、びっくう！　と飛び上がった。

「な、ななななんですかお兄様」

「……しばらくしたら、少し騒がしいことになる。それはわたしが片付けるが、おまえたちはその間、決して馬車から出るな」

「……えっ」

私とミルは硬直し、お兄様を見た。

「……レイ兄さま、か、片付けるって……」

ミルの上ずった声に、お兄様はちらりと私たちを見た。

「とにかく、わたしがいいと言うまで、馬車の中にいろ。念のため、窓からは離れていたほうがいい」

「……お兄様、どなたかに襲撃される予定でもあるのですか？」

「そんなところだ」

冗談を真顔で返された。

襲撃。……襲撃って！

私は混乱する頭を必死に落ち着かせようとした。

どういうことなんだ。

さっきまでお兄様にキ……、それは置いておいて、プロポーズ……これも置いておいて、とにかくなんか甘酸っぱい雰囲気でふわふわしてたのに、いきなり襲撃とか言われても、気持ちがついていかない。

向かい合わせに座るお兄様は、落ち着き払った態度で剣の状態を確かめている。

誰がなんの目的で私たちを襲撃するのか、聞きたいことは山ほどあるが、とにかく、

「お、お兄様、私たちは何をすれば」

「何もしなくていい。ここでじっとしていろ」

お兄様の視線が、おまえらは戦力外、と明確に告げている。

それはわかるけど、でも。

ミルと私は手を取り合い、お兄様を見つめた。

「レイ兄さま……」

「心配するな、わたしに何かあっても、その後の爵位継承はとどこおりなく行われるよう、手配してある」

「そういう心配では」

ミルが泣きそうな顔でお兄様と私を交互に見つめた。

そんな顔されたって、泣きたいのは私も同じだ。

「な、何かって、何かって……、お兄様、その襲撃犯に、か、勝てないと思っていらっしゃるのですか」

「バカバカしい」

ハッ！　とお兄様が嘲るように笑った。

普段なら腹を立てるところだけど、今はその傲慢さが嬉しい。

「あの程度の輩、たとえ一個大隊で来たところで問題はない」

さいですか。しかし、

「……あの程度の輩、ということは、お兄様は襲撃犯をご存じなのですか」

「まあな。おまえも会ったことがあるだろう」

なんですと⁉

高速で頭の中のお友達ファイルを検索するが、そんなヤバそうな人物に心当たりなどない。

うろたえる私に、お兄様が言った。

「……神殿で会った、王太子殿下の伴の者だ」

「えっ⁉」

ということは、つまりダールベス侯爵家の……。

「ウソ、そこまでします⁉」

私は思わず言った。

いや、ダールベス侯爵が、聖女を目の上のたんこぶと思っているのはお兄様の話からわかっていたけど、だからって襲撃までするか⁉

「今さらだ。ダールベス侯爵は、おまえが聖女とわかった日からずっとおまえをつけ狙っていた。……だがおまえは滅多に社交界に姿を現さぬ。今夜は絶好の機会だと考えたのだろう。が、まあ、ちょうど良かった」

何がいいんだ、何が！

「……ずっと機会をうかがっていたのは、こちらも同じだ。あやつらを逃すつもりなど、はなからなかった。おまえたちを巻き込みたくはなかったが、まあ何とかなるだろう」

「何とかって……、何とかならなかったらどうするんですか」

お兄様は窓の外をうかがいながら、平然と言った。

「この馬車に、監禁魔術をかけておいた。これはかけた本人か聖属性の解放魔術でなければ解けぬから、わたしに何かあってもおまえたちに危害は及ばん。ダールベス家の手の者に、聖属性の使い手はいないからな」

「……その監禁魔術って、禁術では」

お兄様の作戦にドン引きしていると、ふいに馬がいななき、馬車が大きく傾《かし》いだ。

「――きたな」

お兄様の目が爛々と輝く。

こう言ってはなんだが、お兄様が悪役みたいです。

「いいか、絶対に外に出るなよ。ここで大人しく待っていろ」

言うなり、お兄様が馬車の扉を蹴破って外へと飛び出した。

とたん、人の気配が殺到するのを感じたが、姿が見える前に馬車の扉が自動的に閉まった。

「………………」

監禁魔術、本当にかけてあった。

私とミルは顔を見合わせ、それからそっと、お兄様の言う通り窓から離れた場所に座り直した。

正直、襲撃犯よりもお兄様の機嫌を損ねることのほうが怖い。

監禁魔術は音までは遮断しないから、剣戟や何かがぶつかるような音、悲鳴などは生々しく聞こえてくる。

「――――ぅおおおおお！」

誰かの雄叫びとともに、突然、窓の向こうの景色が闇で塗りつぶされた。

お、お兄様……、闇の拘束魔術を使ってる……？

監禁魔術もそうだけど、拘束魔術も禁術では。

確認だけど、お兄様って騎士だよね？　騎士が禁術とか使ってもいいの？

正当防衛なら使用可能だけど……と考えたところで、私はある事実に気がついた。

いま現在、私とミルという保護対象者が、馬車に残された状態だ。お兄様には、私とミルを守る責任があり、そのために禁術を使用しましたーって言ったら、正当防衛が成立してしまう。

なんということだ。

お兄様、私たちというお荷物の存在さえ利用して、禁術使いまくってるのか！

なんだろう……、襲撃犯に対して、一抹の哀れを感じる。

本気を出したお兄様を相手にしなければならないなんて、かわいそうに……。

「あの悪魔は放っておけ！　これ以上は時間をかけられん！」

怒号が飛び、闇で視界はきかないが、馬車へ走り寄る足音が複数、聞こえた。

悪魔って、お兄様のことだよね。襲撃犯に悪魔と罵られるお兄様っていったい。

ガタガタと馬車を揺すられるが、横転するほどの力ではないようだ。悪態をつく声が聞こえる。

「くそ、どうなってるんだ、この馬車は！」

「禁術が使われているのか⁉」

「離れろ、闇の魔術に囚われるぞ！」

複数の男性の悲鳴、苦痛の声が耳を刺す。

闇の禁術に、備えなしに触れたりすると、触れた部分に激痛が走るし、場合によっては四肢欠損にもつながる大怪我になる。

聖女の御業とよばれる祝福を使えば、闇の禁術による怪我は癒やせるけど……。

でもそれは、自分で自分を聖女と認める行為だ。

そもそも相手は襲撃犯だし、ひょっとしたら両親殺害の犯人かもしれない。だけど、

「手が！　手が溶ける、誰か助けてくれっ！」

「離れろ、離れんか！」

「あああ！　誰か、誰か助けてっ！」

襲撃犯の悲鳴に、私はびくっとした。

ど、どうしよう。このまま放っておいて大丈夫？　いや、私たちを殺そうとした犯人なんだけど！　でも、ダールベス家にただ雇われただけで、いやいや参加したって人もいるかも……いや、だからって許されることじゃないけど。

「助けて！」

必死に助けを求める声に、私はたまらず、馬車の扉に手をついた。

ごちゃごちゃ考えるのは後だ。聖女うんぬんはこの際、横に置いておく。

フォール地方で働いていた時と同じだ。今はとにかく、怪我人を治療しないと！

「お兄様、やめてください！」

その瞬間、扉についた手から、まばゆい光があふれ出た。

監禁魔術が解け、扉が開く。

扉の向こうに、あぜんとしたお兄様と襲撃犯たちの姿が見えた。

「こ、これは……」

全身発光状態の私を見て、襲撃犯の一人が尻もちをついた。

ただれた手を押さえて苦しんでいた人も、呆然と私を見上げている。

「せ、聖女さま……」

違います。

と主張するのは後だ。

私は馬車を降り、赤くただれた手を押さえ、震えている男性に近寄った。

どういう小説の強制力なのか知らないが、いま、私には聖女にしか宿らない神力がある。

それなら、通常の癒やしの術では治せない、闇の魔術による怪我を癒やせるはずだ。

——どうか、神様。

私は男性の傷に手をかざし、祈った。

——神様、今までことごとく私の願いを無視してくれましたが、今回は本当にお願いです、どう

かこの怪我を癒やしてください。

するとと私の手から、やわらかい白い光があふれ、男性の手を包み込むように広がった。

「おお、なんと……！」

尻もちをついている人が、畏れに満ちた声を上げた。

「祝福の光だ！」

「話が違うぞ、聖女を騙る偽者だなどと！　この方は本物の聖女ではないか！」

襲撃犯たちに動揺が広がり、仲間割れを起こし始めた。

「おお……、き、傷が……」

白い光がおさまるにつれ、男性の手の怪我も消えていく。

「傷が、傷が消えた……！　闇の魔術の傷が！　おお、お許しください、聖女さま！」

傷の消えた手を、信じられないといった目で見つめていた男性が、がばりとその場にひれ伏した。

「わたしは何ということを……ああ、聖女さま、すべての罪を告白します！　わたしは、わたしはあの者に騙されたのです！　あの者は、聖女さまを偽者と貶め、聖女さまとそのご家族を害さんと、わたしたちを雇ったのです！」

男性の指さす先に、見覚えのある男が立っていた。

神殿で会った、王太子殿下の伴をしていた人だ。

その人は、うろたえたように周囲を見回し、怒鳴った。

「きさま、きさまら……、どういうつもりだ、金を受け取っておきながら！」

「騙したのはそちらの方だ！」

尻もちをついた男性が、剣を振り回して叫んだ。

「偽者の聖女だなどと、よくもそのような嘘を申したな！　神も畏れぬ涜神者め！　地獄に落ちろ！」

襲撃犯たちがもめていると、お兄様が私の許に駆け寄ってきた。

「マリア！」

「お兄様……」

ヤバい。お兄様、めちゃくちゃ怒ってる。

「馬車に戻れ！」

「……ハイ……」

目をつり上げて怒鳴るお兄様に、私はしおしおと馬車の中に戻った。

素早く扉を閉められ、ふたたび監禁魔術が発動するのを感じた。

「…………」

なんか、さっきより魔術が強力になってる気がする。

監禁魔術の重ねがけかな？　さすがお兄様、禁術を重ねがけするとか、魔力がえげつない……。

窓から離れた席にちんまりと座っていたミルが、おずおずと私に声をかけた。

「あの、姉さま、さっき祝福の光が……」

「見間違いよ」

素早く否定する私に、ミルは何ともいえない表情になった。

わかってるよ。さすがにここまで来て、聖女じゃないと主張するのは苦しいって。

でも、やっぱり怖い。聖女と王太子殿下、この二つは私の惨殺エンドの最大のフラグなのだ。

だったらなぜ、わざわざ聖女の力を使ったりしたんだ、と私は自分自身に問いかけた。

聖女と思われたくないなら、あのまま、お兄様に言われた通り、馬車の中に隠れていればよかったのに。

でもそれじゃ、私はこれからも小説の惨殺エンドに怯えながら、何もできずにただ逃げ回るだけの人生を送ることになってしまう。ダールベス侯爵が、両親を殺害した証拠を探すことだってできない。

そんなのはイヤだ。

私の人生は、私のものだ。小説に振り回されて、息をひそめて隠れてるだけなんて、そんなの耐えられない。

それに、祝福の光で癒やしたからって、襲撃犯たちを無条件に許すわけではない。私はそんな、お人好しではない。

襲撃犯たちには、公にその罪を明らかにして、法にのっとって罪を償ってもらう。

それが一番いい。いくら犯罪者だからって、過剰な痛みや苦しみを、与える必要なんてないのだ。

でも、ひょっとしたらお兄様は、襲撃犯たちを苦しめたかったのかもしれない。

両親の殺害に関わったかもしれない犯人に、復讐したかったのかもしれない。

でも、お兄様にそんなことをしてほしくなかった。騎士として、国や国民を守るために剣を振るうのではなく、憎しみに囚われて誰かを傷つけてほしくなかったのだ。

でもお兄様、すごい怒ってたな……。

私は先ほどのお兄様の剣幕を思い出し、身震いした。

あー、屋敷に戻ったらお説教かな、と憂鬱な気持ちになっていると、

「マリ姉さま、あれ！」

ミルの驚いた声に、私は顔を上げて窓の外を見た。

月明かりにきらめく、銀色の甲冑集団が街道の先に現れ、私は息を呑んだ。

「ミ、ミル、あれって……」

「あれは王太子殿下の親衛隊です、間違いありません！」

何ですとー!?

第12話 何もかもが蚊帳《かや》の外

街道に突如として現れた王太子殿下の武装親衛隊は、あっという間に襲撃犯たちを捕らえた。

襲撃犯の大半は戦意を喪失しており、大人しく縛についた者も多かったようだ。

襲撃犯に指令を出していたダールベス家の者だけは、最後まで激しく抵抗していたが、結局は親衛隊に猿ぐつわを噛まされ、縄でぐるぐる巻きにされて引っ立てられていった。

「よし、全員捕縛したな！　怪我人以外はすべてこのまま、王城のリーベンス塔へ連行せよ！」

リーベンス塔は、王家に対する謀反など、重大な犯罪を犯した人物を収監する監獄だ。

なんか、手際が良すぎませんか。

テキパキと指示を出す人物に視線を向けると、はたしてそこには、月の光を浴びてきらめく金髪美形の王子様が立っていた。

「ああ……」

すべての謎が解けたぞ。

私は脱力し、馬車の背もたれに寄りかかった。

たぶんお兄様と王子様は、事前に襲撃についての情報を共有してたんだ。

私は、祝賀会で王子様が言ったセリフを思い出した。

『少し早いが、この後は予定通りに進めるよ』

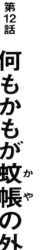

あれは、このことを言っていたんだ。

襲撃のタイミングも計った上で、聖女および聖女の身内を連れ、護衛もつけずに馬車で王宮から帰ることで、襲撃犯を誘い込む。

最終的には、まんまと罠にかかった襲撃犯を、お兄様が返り討ちにし、王子様が捕縛する。見事な連携プレーだ。

私とミルが、まったくの蚊帳の外に置かれてたこと以外は！

「王家なんて大嫌い……」

暗くつぶやく私に、ミルが訳もわからず慰めてくれた。

「マリ姉さま、あの、犯人も捕まったみたいだし、もう心配ないですよ」

そうだね、襲撃については心配ないね。

でもミル、私たちは囮にされたんだよ！　ミルがショックを受けたらかわいそうだから言わないけど！

お兄様も王子様も最低だー！

「……二人とも、怪我はないか」

馬車の扉を開け、お兄様が中をのぞき込んだ。

「僕たちは何とも！　レイ兄さまこそ、大丈夫ですか？」

心優しいミルが、悪魔を心配している。

そんな必要ないんだよ、ミル。この悪魔はね、私たちを囮にしたんだよ！　言えないけど！

「やあ、二人とも、また会ったね。怪我はないかい？」

お兄様の後ろから、爽やかに挨拶する金髪美形王子様に、本気で殺意が湧いた。

「……ええ、おかげさまで。お兄様と王太子殿下の、見事な作戦のおかげで、この通りピンピンしておりますわ」

私の言葉に、勘のよい王子様が何事か察したらしく、苦笑した。

「怖い思いをさせてすまなかったね。このお詫びはかならず」

「いーえ！　貴い王族の方にお詫びをしていただくなど、恐れ多うございますわ！　私など、王族の方にしてみれば、ゴミクズみたいなものですもの！　どうかお気になさらず！」

ふんっと横を向くと、王子様がぷはっと噴き出した。

「……何か面白いことでもございまして？」

「いや……、いや、すまない。本当に、申し訳なかったと思っている。……ねえ、よければ、僕に謝罪の機会を与えてはもらえないだろうか。僕は本当にあなたを」

「王太子殿下、そろそろリーベンス塔での取り調べにかかりませんと」

王子様の言葉をさえぎり、お兄様が言った。

「これからしばらく、今回の襲撃についての調査で忙しくなるでしょう。遊んでいる時間はありませんよ」

「遊んでいるわけではないんだが」

抗議する王子様に、お兄様は冷たい視線を向けて言った。

「……それに、マリアはわたしの婚約者です。軽々しくそうした誘いはかけぬよう、お願いいたします」

「エッ⁉」

お兄様の言葉に、私とミルが同時に飛び上がった。

「え、あの……、マリ姉さまとレイ兄さま、婚約なさったのですか……？」

「…………」

プロポーズはされたけど、まだ承知した覚えはない。ない、のだが、それをこの場でバカ正直に言えば、王家への輿入れをゴリ押しされる恐れがある。

私が黙っていると、お兄様はミルにしれっとした顔で告げた。

「そうだ。ミルには言うのが遅れたな、すまぬ」

「いいえ、そんなこと！　あの、マリ姉さま、レイ兄さま、婚約おめでとうございます……？」

私とお兄様の間にただよう不穏な空気に気づいたのか、ミルは疑問形でお祝いの言葉を口にした。

お兄様の横で、参った、と王子様が小さくつぶやくのが聞こえた。

「準備ができ次第、弟にデズモンド家の伯爵位を譲り、その後、ノースフォア侯爵位を継承いたします。結婚はその時に」

待て待て待ってくれ！

今さらっと結婚て言った⁉

「ノースフォア侯爵位を」

王子様が得心したようにつぶやいた。

あー、お兄様やっぱりノースフォア家を継ぐのか……、と思って気がついた。

考えてみれば、お兄様がノースフォアの名を継いで初めて、私との婚姻が可能となる。

え。……まさか、私と結婚するため？　そのためにノースフォア侯爵位を継承するの？

いや、まさかそんな。そもそも、そこに私の意思は⁉　当事者なのに、部外者感がハンパないんですけど！


「あの……、婚約の話、僕初めて知りました」

馬車の中で、おずおずとミルが切り出した。

うん、私もさっき初めて知ったよ！　当事者なのにね！

「あの、でも、僕がデズモンド伯爵位を継ぐというのは……」

「今すぐというわけではない」

お兄様が静かに言った。

「準備ができるまで、待つつもりだ。焦る必要はない」

「はい……、でも僕、兄さまみたいに優れた領主にはなれそうもないです」

「わたしのようになる必要はない」

お兄様は優しく言った。

「おまえはきっと、素晴らしい領主になる。父上がそうだったように、領民に慕われ、その意を汲むことのできる、類まれな領主に」

「レイ兄さま……」

ミルが感動して涙ぐんだ。

私もうっかり感動しかけたが、待て待て騙されないぞ、と気持ちを引き締めた。

ミルの前でお兄様とケンカするつもりはないが、屋敷に戻ったら、婚約についてきっちり説明してもらおうじゃないか。

そう意気込んで屋敷に戻ったのだが、

「ではわたしはこれから王城へ戻る。襲撃犯の取り調べがあるのでな」

「え」

「しばらく帰れぬと思うが、何かあれば騎士団に連絡を寄越せ。ではな」

そう言うと、お兄様はさっさと馬に乗り、また屋敷を出ていってしまった。

「兄さま、僕たちを送るためだけに屋敷に戻ってくださったんですね」

「……そうだね」

そういうところは、面倒見がいいというか、意外に親切というか……。

「レイ兄さまって、お優しいですよね」

ミルが珍しく、からかうような口調で私に言った。

「ミルってば、何よ」

「いいえ、ただ、マリ姉さまの婚約者が、レイ兄さまで良かったと思って」

「えー……」

不満そうな私に、ミルが首を傾げた。

「マリ姉さま、レイ兄さまをお好きではないのですか？」

「すっ……」

ミルのストレートな質問に、私はその場にしゃがみ込みそうになった。

「何を言うのよ、ミル！」

「……レイ兄さまは、ずっとずーっとマリ姉さまを想っていたんですよ、それなのに」

「ミル！」

私は真っ赤になった。

「そっ……、そういうことは、私とお兄様の問題だから、ミルは気にしなくてもいいの！　それに、ミルはどうして、そんな……」

「お兄さまがデズモンド家の血筋でないことは、お父さまから伺ってました。爵位や財産についても、お兄さまが成人した後、ノースフォア家の侯爵位およびその財産を継承するよう、働きかけているると」

……ん？

私はミルの言葉に、引っかかるものを感じた。

「ちょっと待って、ミル。侯爵家の財産て……」

「レイ兄さま、爵位はうちの伯爵位を継ぎましたけど、お兄さま個人のものとして、信託財産をノースフォア家から遺贈されてますよ」

正式に侯爵位を継げば、さらに莫大な財産を継承されることになりますけど、というミルの言葉に、私は目まいを覚えた。

ノースフォア侯爵家といえば、先代の正妃を輩出した名門にして、有数の資産家。

我がデズモンド家は貧乏だけど、お兄様個人は富裕層だったというわけか。

だから、貧乏うんぬんの話題になった時、王子様が微妙な反応をしたんだな!

「……お兄様、なんで制服を新調なさらないのよ……」

特に破れたりはしていないが、今の騎士団の制服は、作ってからすでに二年くらいは経ってるはず。

貧乏だから節約してるのかと思ってたけど、うなるほど金持ってるくせに、仕事用の服一つ新しくしないのはなぜなんだ!

「レイ兄さま、あんまりそういうことに興味がないいんじゃないでしょうか」

「……ああ……」

たしかに。服なんて着られればいい、とか真面目に思っていそう。

王家主催の祝賀会に出席するのに、綿の普段着ドレスをすすめてくるような、ファッションオンチだもんね。

――よく似合っていると思うが。

ふいに私は、その時のお兄様の言葉を思い出し、赤面した。

お兄様は、ファッションに疎いし、ドレスの流行なんてちっともわかってないと思うけど。

でも、一応、褒めてくれたんだよね。

それに、今着てるお母様のリメイクドレスも、似合うって言ってくれた。

「…………」

どうしよう。顔が熱い。

ぱたぱたと顔を扇ぐ私を、ミルがおかしそうに見つめていた。

第13話 王宮の異変

「大変だったわねえ、マリア。怪我とかはしていないの、本当に？」

リリアの優しい言葉に、私は自然に笑顔になった。

「ううん、私は何とも。王太子殿下の親衛隊が、すぐにいらしてくださったし」

本日は、屋敷の私室に監禁……ではなく、保護された状態の私を気づかい、リリアが訪ねてきてくれたのだ。

ありがたい。友情がしみる。最近、心がささくれてたから、美少女リリアに会うだけで心が癒やされる。

私はメイドを下げ、自分でリリアにお茶をいれた。

「お兄様のご活躍も聞いたわ。……ところで、その」

リリアが言いにくそうに、しかしどこか浮ついた調子で言った。

「レイフォールド様との婚約のお話、本当なの？」

「……あー……」

やっぱり来たか。

そうだよね、うん、私が逆の立場でも聞いてるだろうしね。

「その話、どれくらい広まってるの？」

「どれくらいって……、少なくとも、宮廷で知らない者はいないんじゃないかしら?」

つまり貴族で知らない者はいないってことですね! 宮廷に出仕している人みんなが知ってるなら、その家族親類友人、もれなく全員知ることになるだろうし!

テーブルに突っ伏した私に、リリアがおかしそうに言った。

「いやだ、恥ずかしがってるの? おめでたい話じゃない。レイフォールド様はノースフォア家を継がれるということだし、将来安泰ね」

そこまで知ってるのか!

私は貴族の情報網におののいた。

この分では、私の黒歴史である子どもの頃の夢日記の内容まで知られてるんじゃなかろうか、と私が絶望していると、

「マイヤー侯爵家とのお話をお断りされたと聞いた時は、不思議に思ったけれど。……あなたを相手にと思い定めていらっしゃったのね。いいわねえ、そんな一途《いちず》に想っていただけるなんて。社交界は、あなたとレイフォールド様の、純愛の話でもちきりよ」

「えええ……」

純愛って。

私は、お兄様のこれまでの言動の数々を思い出し、遠い目になった。

言うこと聞かないと監禁するとか、氷漬けにして傍におくとか言われ、実際に馬車に監禁魔術をかけられるとか、純愛というより束縛系のヤバい匂いがぷんぷんするんですが。

しかし、こうも婚約の話が広まってしまうとは。

お兄様とちゃんと話もできていない状態で、外堀だけガンガン埋められてる気がする。

両親のこと、今回の襲撃事件や王家の思惑も考えると、お兄様との婚約以外、身を守る手段がないというのは、いかな私でも理解できる。

しかし、誰にも言うわけにはいかないが、お兄様はそもそも、私を殺すはずの存在だ。

小説とは違い、お兄様はずっと私を想っていて、私を守ると言ってくれた。

だが、それでももし、両親の時と同じように、小説通りお兄様に殺される未来がきたら？

私はあの夜、熱っぽく私を見つめていたお兄様の瞳を思い出した。

あの瞳が、私を見て嫌悪に歪むことを想像しただけで、胸が痛む。怖いというより、悲しいのだ。

自分でも説明のつかない気持ちを持て余していて、きちんとお兄様と向き合えていない。自分で自分に納得がいかない状態だ。

そしてもう一つ、納得いかないことがある。

目の前でにこにこ微笑むリリアが、一向に聖女の力に目覚める気配がないのだ。

小説の中では、リリアは学院卒業二、三か月後に聖女となるはずだが、現実には卒業後三か月が経過し、王都もそろそろ冬にさしかかっている今なお、リリアは相変わらず王妃付きの侍女として宮廷に出仕しているのだ。

王妃様の覚えもめでたく、将来は侍女長にと目されているらしい。さすがリリア！　……というのは置いておいて。

いったい、どうなっているんだろう。ここでも小説とは違う方向に進んでいるようだ。

私が考え込んでいると、

「そういえば、知ってる？　あのダールベス侯爵家で、養女を迎えられたそうよ」

リリアの言葉に、私ははっとした。

「え、養女？」

「ええ、この間、ダールベス侯爵とともに王宮にいらしていたわ。王妃殿下との私的な謁見ということで、わたしもその場にいたんだけど……」

ダールベス侯爵は王妃様の兄に当たる方だから、養女を迎えた報告も兼ねて、私的な謁見をされても別におかしなことはない。でも、リリアがどこか奥歯にものが挟まったような言い方をしているのが気になった。

「リリア、どうかしたの？　なにか問題でもあった？」

「いいえ、謁見そのものに問題はなかったわ。ただ……」

リリアは考え込みながら言った。

「その謁見のすぐ後、同僚の一人が急に体調を崩して、それ以降、ずっと寝たきりなの。それが……」

リリアは眉をひそめた。

「その同僚は、謁見を終えて退出されるクロエ様……、ダールベス侯爵の養女と、何か言葉を交わしていたのよ。その直後に彼女は倒れたの。考えすぎかもしれないけど、何か……、どこか不自然だわ」

私はリリアを見た。リリアはカンが良く、周囲へ目配りを怠らない用心深さもある。そのリリアが言うのだから、何かあるのは間違いないだろう。

なにより、ダールベス侯爵が迎えた養女、というのが気にかかる。

「……謁見の後に倒れられた方って、ダールベス侯爵家と親しいお家柄なの？」

「いいえ、彼女は……エリシャは、リナゴール伯爵家の出で、ダールベス侯爵家と血縁関係にはないし、政治的な派閥も別だわ。リナゴール伯爵家は、先代の浪費がたたって経済的にお苦しかったようだけど、どこからも援助はなかったらしいし。……エリシャは、とても苦労して王妃殿下付きの侍女になったのよ。それなのに、こんなことになってしまって……」

リリアの説明を聞いて、私は少し考えた。

リナゴール伯爵家かあ……。正直、まったく知らない家名だ。ウチも貧乏だから、その辛さよくわかる、くらいしか言えないんだけど。

しかしダールベス侯爵家の養女が、リリアの同僚の不調に何らかの形で関わった可能性があるなら、見過ごすべきではないだろう。

「……リリア、あの、もしよければ、そのエリシャさん？　リリアの同僚の方のお見舞いに、王宮へ伺ってもいいかしら？」

「え？」

リリアは驚いたように私を見た。

うん、そりゃそーだ。知り合いでもなんでもない私が、いきなり「お見舞いに行きたい」なんて言ったら、不審に思って当然だよね。

「えーと、あのね、私、フォール地方で癒やしの魔術師として働いていたでしょ？　それで、ちょっとその方の症状が気になるの。一度、診察させてもらえればって思うんだけど」

苦しまぎれにひねり出した理由だが、リリアは納得してくれたらしい。

「もちろん、問題ないわ。王妃様も心配なさってエリシャに宮廷医を差し向けてくださったのだけど、一向に病状が改善されないのよ。彼女の病状に何か思い当たる節があるなら、ぜひ診てほしいわ。……ただ」

リリアは少し、声を落として言った。

「デズモンド伯は、あなたが王宮に上がることを承知してくださるかしら？　そのう、わたしの聞いた話では、あなたが王太子殿下と会話を交わしていたら、デズモンド伯がすごい勢いでやって来て、あっという間にあなたをさらっていってしまった、って……」

「………………」

この間の祝賀会の目撃者だな。

私は咳払いして言った。

「それは……、もちろん、お兄様だって許してくださるわよ。別に遊びに行くわけじゃないんだもの。癒やしの魔術師として！　気になる患者を診察しにいくだけだから！」

「そ、そうね……」

リリアの顔がちょっと引き攣っているが、ここはスルーさせてもらおう。

ダールベス侯爵について正面切って調べて回るのは愚策だと、いかな私でもわかっている。しかし今回は、表向きダールベス侯爵にはまったく関わらず、堅固なセキュリティ機能を誇る王宮で、安心安全に調査できるのだ。

こんな絶好の機会を逃すわけにはいかない。

お兄様には、黙っていればバレない……、んじゃないかなあ……。バレないといいなあ……。

いや、まあ、うん、お兄様が警戒しているのはダールベス侯爵と王家だし。王宮に上がるとは言っても、別に王族の皆さまとお会いするわけじゃないし。

大丈夫、大丈夫！　……たぶん。

三日後、ちょっと背筋にイヤな感じの寒気を感じながらも、私はリリアに案内されて、ふたたび王宮を訪れたのだった。

しかし、王宮の内部はまるで迷路のようだ。先導のリリアがいなければ、方向オンチの私は絶対に目的地にたどり着けないだろう。

「……リリア、王宮って拡張魔法とか使ってたっけ？　なんか見た目よりだいぶ広いような気がするんだけど」

「まさか。拡張魔法をかけた空間は結界が張りづらいから、一時的なものも使用禁止になっていたはずよ」

リリアは笑って言った。

マジか。申し訳ないけど、帰りも絶対、リリアについてきてもらおう。

王宮の居館の奥、侍女たちが起居する区域に入ると、一気に人が少なくなった。

「この突き当たりがエリシャの……、あら」

突き当たりの部屋の前にたたずむ女性の姿に、リリアが眉をひそめた。

「ダールベス侯爵令嬢、クロエ様。……どうしてこちらに？」

リリアの言葉に、私は驚いてその女性をまじまじと見つめた。

つややかな黒髪に鮮やかな緑色の瞳をした、ちょっとキツめな顔立ちの美女。髪色のせいか、どこかレイ兄様に似ているような気がする。

「こちらは女官用の区域ですけれど」

「……あなたはたしか、王妃殿下付きの侍女でいらしたわね。リリア様、でよろしかったかしら？」

クロエ嬢は落ち着いた様子で私たちに向き合い、言った。

「わたくしと話した後、エリシャ様が倒れたと伺ったので、お見舞いに参りましたの。……エリシャ様は、残念ながらまだ意識が戻られていませんでしたわ」

「まあ、そうですか。侯爵令嬢ともあろうお方が、侍女の一人も連れずにずいぶんと不用心ではありませんこと？　お帰りでしたら騎士をお呼びしましょうか？」

な、なんだろう。リリアもクロエ嬢もにこやかなんだけど、なぜか冷え冷えとした空気が漂ってくるような……。

「お気遣いありがとう。でも、結構よ。ここは王宮ですもの、危険なことなどありませんわ。……ところで、そちらはひょっとして、聖女とお噂されているデズモンド伯爵令嬢でいらっしゃるのかしら？」

「聖女と噂されている、ではなく、デズモンド伯爵家のマリア様は、神殿も王家も認められた、まごうかたなき聖女様でいらっしゃいますわ」

キリッとリリアが言ってくれた。

ありがとう。でも、本当に聖女かどうか、本人が一番うさん臭いなって思ってるんだ……、すまぬ。

「は、初めまして、デズモンド伯爵家のマリアです」

とりあえず挨拶せねば、と私は慌てて膝を折り、クロエ嬢に頭を下げた。

「……そう。あなたが」

すっ、とクロエ嬢に近寄られ、私は思わず後ずさった。

壁に張りつくようにしている私に、クロエ嬢がくすっと笑い、さらに一歩、足を進めた。いや近い、近いんですけど！

「あなたが、あのマリア様なのね」

あのマリアって、どのマリアでしょうか。

吐息が触れるほど近くに、迫力ある美女の顔面がある。お兄様といいクロエ嬢といい、迫力美人はなぜパーソナルスペースが狭いのか。

「あ、あのあの、クロエ様……」

冷や汗をだらだら流す私に、クロエ嬢はフッと笑い、手を伸ばした。

「可愛らしい方ね……」

しかしクロエ嬢の手が触れる寸前、私はぐいっと後ろに腕を引かれた。

「リリア」

振り返ると、険しい表情をしたリリアが私の腕をつかんでいた。

「……クロエ様、失礼いたします。マリア様には、癒やしの魔術師としてエリシャ様の治療にいらしていただきましたの。エリシャ様の病状には、王妃殿下も心を痛めておいでですので」

「王妃殿下が。……そう、それならば、これ以上引き留めることはできませんわね。わたくしは失礼いたしますわ」

クロエ嬢はちらりと私に流し目をくれ、言った。

「それでは、またお会いいたしましょう、マリア様」

私も慌てて腰をかがめ、一礼した。隣のリリアは、険しい表情のまま、クロエ嬢を見送っている。

「……すごい美女だったたねえ……」

クロエ嬢の姿が見えなくなってから、私はほうっと息をついた。

どことなくお兄様に似た、迫力美人さんだった。色気が半端ない。

「もう、マリアったら」

リリアは困ったような表情で私を見た。

「あなたったら、本当に呑気なんだから。クロエ様は、ダールベス侯爵家の養女なのよ？　もっと警戒したほうがいいわ」

それはその通り。なんだけど、どこかお兄様に似たあの美人さんには、どうにも敵意を抱きにくい。私って面食いだったんだろうか。

「ここよ」

リリアの指し示す扉を軽く叩いたが、返事がない。眠っているのだろうか。

「……あの日から、エリシャはずっと寝たきりで、うつらうつらとしてあまり反応がないの。中に入ってしまっても大丈夫だと思うわ」

それは、何というか……、だいぶ重い症状のように思われるんだけど、大丈夫だろうか。そうリリアに言うと、

「それがねえ、宮廷医の見立てでは、どこも悪いところはないんですって。疲れているだけだろうって」

えー、そんなことってある？

疑惑の目を向ける私に、リリアは困ったような表情を浮かべた。たぶん、宮廷医も原因がわからなかったんだろう。

通常の診察では原因がわからない、癒やしの魔術の適用範囲を超える症状……。思い当たるのは一つしかない。お兄様が大得意な、例のアレではなかろうか。闇の……、いや、まだ決めつけるのは早い！　それは最悪のケース！

私は恐る恐る、部屋の扉を開けた。

部屋は広く、壁には洒落《しゃれ》たタペストリーや絵画などが飾られていた。リリアの同僚という女性の、趣味の良さをうかがわせる内装だ。

部屋の奥にある寝台に、女性が横たわっていた。彼女がエリシャだろう。

「し、失礼します……」

目を閉じて横たわっているエリシャの顔を、そっとのぞき込む。手入れの行き届いた金髪に、美しい顔立ちをしているが、いかんせん顔色が悪すぎる。大丈夫なんだろうか。

そっと額に手を当てると、

「うわっ」

その瞬間、エリシャがカッと目を見開き、私は驚いてのけ反った。

「あぅわ、わ、その、失礼しました。あの、私はリリアの友人で……、あ」

エリシャは勢いよく飛び起きると、血走った目で部屋を見回した。私の言葉なんて、聞こえてもいない様子だ。女性はリリアに気づくと、低く唸った。

「えっ？」

ぐうるる、と獰猛な唸り声を上げるエリシャに、私は驚いて立ちすくんだ。後ろでリリアも固まっている。

なんだこれ。まるで……、まるで魔獣のような。何かに憑りつかれてしまったような様子だ。

フォール地方で様々な患者を診てきたけれど、その誰とも明らかに違っている。ていうか、エリシャの胸の辺りに、なんかモヤモヤっとした黒いものが見えるんだけど、あれは……。

「う……、うあ、う」

ぎくしゃくした動きで、エリシャは寝台から床に降りた。その間も、ずっとリリアを睨みつけている。

「え、あの、起きて大丈夫ですか？」

明らかに様子のおかしいエリシャに、私はびくびくしながら声をかけた。

どう見ても大丈夫ではないのだが、他に何と言えばいいのかわからない。

しかしエリシャは相変わらず私のことなど見えてもいない様子で、リリアだけを憎々し気に睨みつけている。

「リ、リリア、あの、リリアは部屋から出ていたほうがいいんじゃ……」

どう見ても、彼女はリリアに強烈な負の感情を抱いている。

このままリリアを同席させていては、危害を加えられるのではないか、と心配になったのだが、

「きゃあっ」

私がリリアを振り返った瞬間、先ほどまで臥せっていたとは思えぬ素早さで、エリシャがリリアに襲いかかった。

「え、リリア……っ！」

リリアは悲鳴を上げ、エリシャの手を払いのけようとした。しかし、ぐあぁ、ごおお、と獣のような唸り声を上げながら、エリシャはリリアから離れようとしない。

ふとエリシャと目が合い、私は、「ひっ」と悲鳴を上げてしまった。恐ろしい光を浮かべたその目は、白目部分が真っ赤に染まり、眼球がせわしなく動いている。

明らかにおかしい。ていうかコワい。

こ、これは闇の魔術、それも禁術をかけられてる。あの黒いモヤモヤといい、間違いない！

「リ、リリアから離れてください！」

私は大声を上げ、エリシャの肩をつかんだ。

するとエリシャは、火でも押し付けられたように悲鳴を上げると、その場に崩れ落ちた。そのまま動こうとしない彼女に、私はちょっと焦ってしまった。

……え、そんなに力強かったかな。まさか怪我させちゃった？

私はリリアを背に庇い、床にしゃがみ込んだエリシャの顔をのぞき込んだ。すると、

「……よ……、き……って……」

何かをブツブツとつぶやきながら、エリシャは頭を抱え、子どものようにイヤイヤと首を振っている。

「リ、リリア、今のうちに部屋を出よう。騎士か医師か、どっちかを急いで」

連れてこよう、と言いかけた時、

「おまえ！　おまえのせいで！」

座り込んでいたエリシャが絶叫し、立ち上がった。そのまま、私とリリア目がけて突っ込んでくる。

「きゃああ！」

リリアが悲鳴を上げ、私にしがみついた。

こ、これ、逃げられないやつ！　どうしよう！

私は無意識のうちに両手を組んでいた。

闇の禁術にかかっているなら、聖女の祝福が効くはずだ。ていうか効いて！　お願い、神様！

私は必死になって祈った。正直、今までで一番切実な祈りだったと思う。

すると、全身を駆け巡る凄まじい神力を感じた。金色がかった白い光が、体から迸るようにあふれ出る。

「グアアアアッ」

祝福の光を浴びたエリシャが、恐ろしい悲鳴を上げ、身をよじった。

「マ、マリア……」

私にしがみついたリリアが、震えながら言った。

「エリシャは……、彼女は、いったい……」

祝福の光を浴びたエリシャは、悲鳴を上げながら身悶えていたが、しばらくすると動きを止め、バタンと床に倒れた。

「………」

念のため、少し時間を置いてから私はエリシャに近づき、その肩に手をかけた。ゆっくり仰向けに体を反転させると、顔色は悪いながらも呼気が手の平に触れ、生きていることがわかる。

「マ、マリア……、エリシャはいったい、どうしたっていうの？　こんな……、こんな」

真っ青なリリアに、私は迷いながら言った。

「たぶん……、闇の禁術を使われたんだと思う」

「闇の禁術⁉」

リリアは驚愕に目を見張った。

「どうしてそんな……、なぜエリシャが？」

うーん。理由はわからないけど、原因ならわかる。

「あの、リリアの同僚は、ダールベス侯爵の養女……、さっきここで会った女性と会話した後、体調を崩したんだよね？」

「え？　ええ……、そうだけど」

リリアは、はっとしたように私を見た。

「まさか、クロエ様が？　ダールベス侯爵令嬢が、闇の禁術を使ったっていうの？」

それ以外、説明がつかないのだが、あまり大っぴらにはできない話だ。

「リリア、このことは誰にも言わないって約束してくれる？　ダールベス侯爵に関わる噂を不用意に流すのは、とても危険なことだわ」

「それはもちろんよ。……でも、エリシャはこの後、どうすれば？　闇の禁術をかけられているなら、通常の癒やしの魔術は効かないわ」

それなんだよなあ。今は祝福の光が効いたみたいで気を失ってるけど、この後またさっきみたいにリリアに襲いかかってきたら困る。

と悩んでいたら、

「……う……」

エリシャが呻きながら、体を起こした。

私とリリアは、手を取り合って飛び上がったが、エリシャはぼうっとした様子で周囲を見回している。

「……わ、たし……、わたし、どうし……、なにが……？」

茫洋とした様子のエリシャは、しかし、リリアの姿に気づくとはっと表情を強張らせた。

「あ……、わたし、わたし……」

ぶるぶるとエリシャは震え、自分の体を抱きしめた。

「わたし……、なんてことを……っ」

両手で顔をおおい、嗚咽をもらすエリシャに、私は少しためらったが、声をかけた。

「あの、……大丈夫ですか？　今、意識ははっきりしていますか？」

先ほどまでとは違い、今は意識を取り戻しているようだけど、安心はできない。

エリシャは私の質問に、涙をぬぐって頷いた。

「……ずっと、頭に靄がかかったようで……、苦しかったの。自分が自分でないようで……」

エリシャはリリアを見ると、ぽろぽろと涙を流した。

「ごめんなさい、リリア。……わたし、あなたにずっと嫉妬していたの。美しく、王妃殿下のお気に入りだったあなたが、羨ましくて妬ましくてたまらなかった。……でも、こんな風にあなたを傷つけようなんて考えたことはないわ。それだけは信じて」

涙ながらに懺悔するエリシャを前に、私は考え込んだ。

うーん。エリシャがリリアを襲ったのは、恐らく闇の禁術を使われたせいだと思うんだけど、それがどう作用してこうなったのか、私にも詳しいことはわからない。

そもそも闇の魔術、それも禁術について知識を持っている人間は限られている。お兄様に聞くしかないだろうか。……でも、聞いたらなんでそんなこと知りたいんだって言われるよね。

どうしよう、と考えていると、バタバタと部屋の外から足音が聞こえた。

「失礼する、先ほどこちらから、祝福の光が顕現したと知らせがあったが」

部屋の中に、いきなり数人の近衛兵が入ってきた。

「聖女様は……、デズモンド伯爵令嬢はどちらに？」

「えっ、わ、私ですけど」

強面の近衛兵に質問され、びくびくしながら答えると、

「聖女様、失礼いたします」

腕をつかまれ、有無を言わさず引っ張られる。

え、え、何これ。王宮内で祝福の御業は禁止とか？　いや、そんなこと聞いたこともないけど。

「何事ですか！　聖女様に無礼な！」

リリアがキッと近衛兵を睨みつけてくれたが、

「申し訳ありません、王太子殿下のご命令です」

近衛兵の返答に、リリアが戸惑ったような表情になった。

「殿下が……？　なぜ」

「聖女様、どうぞご同行ください」

乱暴ではないが、ふりほどけぬ強さで腕をつかまれる。

「マリア！　待って、お待ちください！」

「リリア、あの、念のためお医者様を呼んで、エリシャ様を診てもらって！」

近衛兵に引きずられながら、私は何とかそれだけをリリアに伝えた。

人の心配をしている場合ではないのだが、私の考えが当たっているなら、エリシャは闇の禁術を使われている。後でどんな副作用が現れるかわからない。

「マリア！」

叫ぶリリアを後目《しりめ》に、私は近衛兵に連行されて、迷路のような王宮を進んでいった。

あちこち曲がって階段を上がり、いい加減足が怠《だる》くなった頃、ようやくたどり着いた部屋には、

「やあ、マリア。また会えて嬉しいよ」

爽やかな笑顔の王太子殿下が待っていた。

私を部屋へ連れてきた近衛兵は、王子様に頭を下げるとさっさと部屋を出ていってしまった。

ヤバい。ここは王宮の中のどの辺りなんだ。道案内してくれる人がいないと、とても帰れる気がしないんだけど。

私は連れてこられた部屋を見回した。

豪華ではないが、高級そうな執務机にソファが置いてある。……ここはどこだ。まさかとは思うが王子様の私室？

「無理に連れてこさせてすまなかったね」

「……恐れ多うございます、殿下」

私は引き攣った笑みを浮かべ、頭を下げた。

いったいどういう理由で、こんなところに連れてこられたんだろう。王子様はにこにこしているけど、王族の腹黒さはこの間の一件で身に染みている。

しかも、この前会った時、怒りのあまり王子様に塩対応してしまったし……。王子様、忘れてくれてるといいんだけど。

戦々恐々としている私をよそに、王子様はあくまでフレンドリーな態度をくずさない。

「この前、あなたと会ってからまだ一か月も経っていないのに、なんだかずいぶん久しぶりに顔を見た気がするよ」

いろいろありましたからね。祝賀会とか、襲撃犯の捕縛とか。

「あなたには聞きたいことが二、三あってね。こんな形で強引に連れてきてしまって申し訳ないが……ただ、婚約の件もあったし、二度と会ってもらえないかと思ったから」

さらっと気まずい話題を口にする王子様。

……王家サイドは、王太子殿下と私の婚姻を望んでいたのに、それをお兄様がぶった斬り、逆にお兄様との婚約を決めてしまった。

お兄様の手際の良さもあったのだろうが、これだけ王家をコケにした振る舞いが許されたのは、やはりお兄様の出生のいわくや、両親の事件があったからだろう。

私が返事に困っていると、王子様は苦笑して言った。

「もうわかっているのだろう？　我々王家は、あなたを利用しようとした。聖女の威光を王家のものとし、ダールベス家を牽制するため、あなたを王家に取り込もうとしたんだ」

王子様の率直すぎる言葉に、私は驚いた。

ここまで赤裸々に、手駒にしようとしてました！　とか白状されるとは思わなかった。

私の表情に、王子様は自嘲するように笑った。

「……あなたは正直だ。宮廷ではその美点はただの弱みにしかならないだろうが、だが、初めて会った時、あなたは輝いていた」

確かに、聖女鑑定で物理的に輝いていましたが。

「あなたは地位や権力、奢侈にも心動かされないようだ。デズモンド家には、特別な魔法でもかかっているのかと思うよ」

「いえあの、デズモンド家は変わり者が多いだけです。それに私は、お金にすっごく心を動かされますよ」

あまりに予想外の称賛に、私は居心地が悪くなって言った。

聖女というフィルター越しに見られているせいか、すべて良いほうへ誤解されている気がする。

王子様はぷっと噴き出した。

「本当にそうなら、あなたは僕との婚約を受け入れたはずだ。そうすれば、富も権力もすべて手に入ることはわかっていただろう？」

「いえ、それはさすがに」

そりゃお金は欲しいが、だからって王子様と結婚とか、無理。

「……そうか、無理か」

王子様が私の顔を見て言った。

……いつも思うことなんだけど、私の表情ってそんなにわかりやすいんだろうか。

お兄様も王子様も、私の顔を見ただけで、正確に私の考えを言い当てるよね。

「あなたに富や権力を与えても、喜ばないだろうことくらいはわかる。いったい、レイフォールドはどうやってあなたの心を手に入れられたのかと思うよ」

手に入れるも何も、プロポーズ前に婚約成立という荒業を使われただけなんですけど。

ため息をつく私を、王子様はじっと見つめた。

「あなたは本当に、謎に満ちている。今日のことにしてもそうだ。……なぜリナゴール伯爵家の令嬢を見舞いにいらしたのか？　あなたと彼女には、何の接点もないだろう。それに、なぜ癒やしの魔術を使うのではなく、祝福の御業を示されたのか？」

うう、痛いところを突いてくる。

エリシャと私に接点がないこともそうだが、なぜ癒やしの魔術ではなく聖女の祝福を使ったのか。

ぜんぶ答えられないんですけど！

今はまだ、ダールベス家と闇の魔術の関わりについて、口にすることはできない。王妃殿下や王子様は、ダールベス家と距離をとろうとしているように見えるけど、それでも私の両親の殺害犯と知っていて、王家はダールベス侯爵を野放しにしている。王家を無条件に信用することはできない。

「……あなたは、何か隠しているね」

私はぎくりとした。

さすが王子様。カンが鋭い。

「それは……」

「聖女どの。何を隠している？」

ど、どうしよう。本当の理由を打ち明けるわけにはいかないが、うまい言い訳も思い浮かばない。

「わ、私はただ」

王子様から顔を背けると、ぐいと顎をつかまれ、強引に視線を合わせられた。

「聖女どの」

その時だった。乱暴な音をたてて部屋のドアが開けられたかと思うと、黒く鞭のようにしなる闇が、ひゅん、と王子様の腕にからみついたのだ。

「えっ⁉」

とっさに王子様が何かの術を放ち、その闇を切り払う。

私が唖然としていると、

「マリア」

ぜいぜいと息を切らしたお兄様が、視線の先に立っていた。

……お兄様、いま王太子殿下に対して、攻撃魔法つかいませんでした⁉

「やあ、レイフォールド」

王子様が、何事もなかったかのようにお兄様に声をかけた。

「殿下」

お兄様も、まったく変わったことなどないように、いつも通りそっけない礼をする。

いやいやいや、さっきお兄様、闇の魔術を使って王子様を攻撃しましたよね？

なんでそんな、王宮の執務室でいま会いました、みたいな、普通の態度なんですか？

お兄様は急ぎ足で私の許に来ると、私の腕をつかんだ。

「殿下、マリアが失礼をいたしました。それではわたくし共はこれで」

「えっ、ちょ、待ってください、お兄様」

いや、失礼なことしたのは私ではなくお兄様では。そ、それにいきなり王子様の私室に侵入したあげく、闇の魔術で攻撃しといて、それではさよーならーとか、そんなの許されるんですか⁉

お兄様に引きずられていく私を、王子様が苦笑して眺めている。

え、それでいいんですか。臣下に闇の魔術で攻撃されて、黙って見送るんですか殿下⁉

まあ、近衛兵を呼ばれて逮捕！　とかされても困るんだけど。

お兄様はまったく迷いのない足取りで王宮内を進み、気づけば西翼の塔の前に出ていた。

「乗れ」

お兄様にうながされ、私は塔の前で待機していた馬車に放り込まれた。

「あ、あのお兄様……」

「配下の者から知らせを受けた。おまえが王太子殿下の私室を訪れた、と」

うっ、と私は息を呑んだ。

いや、訪れたっていうか、強制連行されたんだけど。そしてその後、王子様の尋問に困ってたら、いきなりお兄様が王子様の私室に現れたんだけど。

たしかにあのまま王子様に尋問を続けられたら困っただろうけど、今は今でお兄様に尋問されてる気がする。

しかし考えてみれば、お兄様とまともに会話するのは久しぶりだ。ここのところずっとお兄様は仕事で騎士団に詰めていたし、私は私で襲撃事件があってからは屋敷に籠っていたし。

向かい合って座ると、お兄様が私の顔を見て眉をひそめた。

「顔色が悪いな」

「……平気です」

正直に言えば、先ほど見たエリシャの、まるで何かに取り憑かれたような狂乱ぶりを思い出すと、まだちょっと怖い。

私は、お兄様が闇の禁術をちょいちょい使っているのを見ているけど、本来、闇の禁術ってあんな風に恐ろしい被害をもたらすものなんだな……。だから禁術なんだろうけど。

ただ、私は襲撃事件以外で、お兄様が誰かを害そうと闇の禁術を使用しているのを見たことがない。

例えば子どもの頃、よくすっ転びそうになっていた私を助けるために、お兄様は拘束魔術を使っていた。あれだって禁術だけど、お兄様は、私を傷つけようとしたわけじゃない。助けるために闇の禁術を使ったのだ。

そう考えると、祝福だろうが闇の禁術だろうが、力の性質自体に問題はないのかもしれない。その力を何のために使うのか、それが問題なのかもしれない。

「祝福の光の顕現があったと聞いたが。……王宮で、聖女として神力を使ったのか？」

考え込む私に、お兄様が言った。

やっぱりバレてしまったか……。まあ、昔からレイ兄様に何か隠し事をしても、隠し通せたことなんてないしな。

「すみません」

「何か、謝るようなことをしていたのか？」

お兄様が私を睨む。

「違います！　……その、事情があったんです。クロエ様……、ダールベス侯爵家の養女が」

「マリア」

私の言葉を、レイ兄様がさえぎった。

「おまえが好き勝手に動けば、それだけ危険が増す。わたしが言ったことを、もう忘れたのか？」

レイ兄様の鋭い視線に、私はうっと怯んだ。

「ダールベス家の養女については、わたしが調べる。……おまえは、もう王宮に来てはならぬ」

「なんでですか。王宮は厳重に警備されてます。ダールベス侯爵だって、あの時みたいに私を襲撃することなんてできません」

「わたしが言っているのは、ダールベス侯爵のことだけではない。……王家も、おまえにとっては危険なのだ」

それはひょっとして、王家への輿入れの可能性がまだ残ってるってことなのだろうか。

まさか、と思っていると、お兄様はハッと嘲るように笑った。

「神殿から婚約の公示がなされるまで、王家は諦めんだろうな。……そもそも、わたしはまだ、おまえに婚姻を承諾してもらっておらぬ」

「いや、でもそれは」

「たしかにおまえは聖女として認められた。それはおまえを守る盾となるだろう。……が、その立場はおまえにとって諸刃の剣だ。災いとなりそうなものからは、なるべく離れていたほうがいい」

それは私もそう思いますけど！

「でもお兄様、ダールベス侯爵家の養女について調べるなら、私だってお力になれます。王宮に勤めている友達もいるし、リリアは王妃殿下付きの侍女だし」

レイ兄様はため息をついた。

「……なぜ、そこまでダールベス侯爵家にこだわるのだ？　おのが身を危険に晒してまで、せねばならぬこととは思えぬが」

「だって、お父様とお母様に関わる問題ではありませんか！　それに危険だというなら、私よりお兄様のほうが、よほど狙われやすい立場なのでは？」

私には『聖女』というわかりやすい盾があるが、レイ兄様には何もない。宮廷においてデズモンド伯爵家当主という地位は、侮られることはあれど得することなど何もない、ぼっち貴族のポジションなのだ。

だがレイ兄様は首を振って言った。

「わたしは問題ない。そもそも両親の……、あの事件は、わたしに責任がある。おまえに手伝わせて、万が一のことがあってはならぬのだ」

お兄様の言葉に、私は言葉に詰まってしまった。

両親暗殺の責任は、誰にあるのか？　それはもちろん、犯人だ。絶対にお兄様のせいじゃない。

それに私は、両親の死を知っていた。殺されるとは思わなかったけど、死ぬ運命にあるということはわかっていたのだ。その意味で言えば、お兄様より、よほど私のほうに責任があると思う。

私はもどかしい思いでお兄様を見た。

「マリア」

お兄様は私を見つめ、低く言った。

「……なぜ、王宮に上がったのだ？」

やけに真剣な様子のお兄様に、私は首を傾げた。

「え、なんでって……、さっきも言った通り、ダールベス侯爵家の」

「それだけか？」

お兄様の周囲の空気が張りつめている。なんなんだ、いったい。

「それだけって……、えと、その」

「……王太子殿下に、会いにいったのではないか？」

お兄様の言葉に、私は目を見開いた。

「え？　なんで王太子殿下に？」

「違うのか？」

お兄様が、探るような目で私を見ている。

「いや、会いにいくって……、そもそも、いくら聖女だっていっても、私なんか末端貴族の一員にすぎません。たとえ私が望んだところで、そうホイホイと王太子殿下にお会いできるとも思えないのですが」

今回の件はまったくのイレギュラー、王宮で神力を使ってしまったせいだし、お兄様がなんでこんなにピリピリしているのか、理由がわからないんですけど。

「では聞くが、おまえは王太子殿下のことを、どう思っているのだ」

お兄様が真剣な表情で言った。

「祝賀会では、おまえは殿下にエスコートされても、特に嫌がってはいなかっただろう」

またそれか。お兄様、やけに祝賀会でのエスコートにこだわるなあ。

「それは……、だって、ふつうにエスコートしてもらいましたから」

私の返事に、お兄様は焦れたような表情を浮かべた。

「ならば、今はどうだ？　今ではもう、王家が聖女としてのおまえを望んでいるとわかっているだろう。その上で、王太子殿下をどう思う？　好ましいと思うのか？」

「ええ？　……いや、それは……」

お兄様の言葉に、私はちょっと考えた。

正直、王太子殿下のことは嫌いではない。チャラいし信用はできないけど、悪人ではないと思っている。

王太子殿下は、小説における私の血まみれエンド三大原因の一つだけれど、いま現在、小説と現実はだいぶ違った流れになっているし、そこまで警戒する必要もないのでは、という気がしている。

もちろん、それなら王家に輿入れするかと言われたら、問答無用で却下だけど。

口ごもる私に、お兄様はふう、とため息をついた。

「……わかった」

え、何を納得したんですか？

「ならばしばらく、屋敷からは出るな」

「え」

固まった私を、お兄様がじろりと見た。

「また今日のように、わたしの知らぬところで勝手に動かれては困る。特に今は危険だ。王家、ダールベス侯爵家、両方に隙を見せるわけにはいかぬのだ」

いや、ダールベス侯爵が危険なのはわかるけど、王家は違うのでは。輿入れっていったって、私が承諾しなければどうしようもないだろうし。

「レイ兄様、王太子殿下にお会いしたところで、さほど危険はないのでは？」

「マリア」

お兄様が苛立ったように言った。

「おまえは、どうあってもわたしの言葉を無視するというのか？　……たとえ危険であっても、それでも王太子殿下にお会いしたいと？」

「そっ……」

お兄様の氷のような眼差しに、本能が「今すぐ土下座して謝れ！」と最大警報を鳴らした。

「あ、ああ、いえいえ、ちょっと聞いてみただけです。ただ、その、王太子殿下は」

「黙れ」

静かな声音に、息が止まった。

お、おふぅ……。

久しぶりに、お兄様の、最大級の怒りを感じる。ちらっとお兄様を見ると、お兄様は暗く淀んだ目つきで前を見据えていた。

こ、こ、こえええええ！　なになになんなの、どうしちゃったのお兄様！

私はオロオロしてお兄様に声をかけようとしたが、黙れと言われたことを思い出し、口をつぐんだ。

ど、どうしよう。とりあえず、黙れと言われた以上は、しゃべらないほうがいいよね？

私は手を伸ばし、膝の上で固く握りしめられているお兄様の手を、そっと握ってみた。

ぴくっとお兄様の手が動いたが、お兄様はかたくなにこっちを見ない。

さすさす、とお兄様の手の甲を撫でてみた。さすさすさす……。

バッとお兄様に手を振り払われた。

「きさま！」

やっとお兄様が私を見た。両耳が真っ赤だ。

「きさま何を考えている⁉　どういうつもりだ！」

いや、それ私のセリフなんですけど。

「……しゃべってもいいですか？」

「いい……、いや、良くない」

「どっちなんですか」

お兄様は私から目をそらした。

「……おまえから、王太子殿下の話を聞きたくない」

なんだそれは。

「レイ兄様、どうしてそこまで王家を警戒なさるのですか。ダールベス侯爵と違って、王家は私の聖女としての威光を利用したいだけでしょう？」

私の言葉に、お兄様はため息をついた。

「……おまえには、わからぬだろうな。なぜわたしが王家を警戒するのか、……なぜ王太子殿下とおまえを会わせたくないと、そう思うのか」

どこか辛そうに顔を歪めるお兄様に、私は戸惑って言った。

「え、あの……、よくわかりません、けど。そこまでレイ兄様がイヤなら、もう王太子殿下には、お会いしないように気をつけます。そもそも、そんな積極的に王家の方々にお会いしたいとは思わないですし」

今日だって、別に自分から王子様に会いにいったわけではない。近衛兵に強制連行されただけで、私は無罪だ。

「……そうか」

お兄様はほっと息を吐いた。

「わかった。ならばいい」

表情は厳しいままだけど、声音はいつものお兄様に戻っている。良かった、冤罪が晴れた。

しかし、お兄様が私の行動を警戒する度合いは、マックスに達してしまったらしい。

馬車が屋敷に到着するなり、お兄様は私に「ただちに部屋に戻って休め」と命令した。

言う通りにしようと部屋に戻りかけた時、お兄様が家令に矢継ぎ早に指示を出しているのが聞こえた。

「マリアが勝手に外出しないよう、監視をつけろ」とか、「マリアが屋敷を抜け出そうとしたら、これを使え」って、なんか魔道具らしきものを手渡してたんだけど……。

また監禁ですか、お兄様。

……なんだってお兄様は、やたら私を監禁したがるんだ？　闇の伯爵だから？　これもなんか、小説の設定なの？　ただのお兄様の嗜好とかだったりしたらヤだなあ……。

とにかく、考えるのは後にしよう。これ以上、疲れることを考えたら、ほんと倒れる。

私は問題を先送りにすることに決め、そそくさと部屋に戻ったのだった。

……しかしその後、私はマジで屋敷に監禁された。屋敷の使用人全員、私の監視員になっていた。

私付きのメイドが、「ご主人様にきつく言いつけられまして」とこっそり教えてくれたのだが、
①私には常時、必ず誰かが付いていること。
②私が屋敷を抜け出そうとしたら、即座に渡された魔道具を使用すること。
③私が屋敷を抜け出したら、理由の如何《いかん》を問わず、その時の見張り人がお兄様直々に処罰されること。
以上、三項目が使用人全員に通達されたらしい。

この通達に、使用人は全員、震え上がった。特に最後の、「お兄様直々に処罰」という文言が効いたらしい。

私はため息をついた。

王宮に黙って行ったのが、そんなにマズかったんだろうか。いや、うん、お兄様目線ではマズかったんだろうけど。

でも、そんな怒らなくても。

落ち込む私を、使用人たちが哀れみの眼差しで見た。ツラい。

「あの、お嬢様、リリア様からご連絡がありまして、よろしければ本日、こちらのお屋敷においでになりたいとのことですが、いかがなさいますか？」

「えっ、いいの？」

驚いて顔を上げる私に、メイドが慈愛の表情で言った。

「ええ、ご主人様からは、お嬢様を外に出すなとしか言いつかっておりませんから。それに、リリア様ならば問題ないかと」

「ありがとう〜！」

嬉しい。ありがたい。メイドもリリアも聖女。

喜ぶ私に、メイドが釘を刺した。

「ただし、リリア様とご一緒に街に下りられたり、王宮に行かれたりするのは、いけません。特に王宮は、何があっても駄目です」

「わ、わかってます……」

メイドの目がコワい。

いや、さすがに私だって、この状況で屋敷を抜け出そうなんて思わないって。

「マリア、大変なことになったわ」

私の部屋に通されたリリアは、挨拶もそこそこに言った。

リリア……、この前は私のわがままでエリシャ嬢の見舞いに付き合わせた上、そのエリシャ嬢から襲われるという、踏んだり蹴ったりな目に遭ったのに、私のことを心配してくれてるのだろうか。優しさが身に染みる。

「大丈夫よ、リリア！　大変は大変だけど、お兄様も今のところ、命まで取ろうとは考えてないみたいだし、へーきへーき！」

私の返事に、リリアが怪訝な表情になった。

「……なんの話？」

「え、なんのって……、私の今の状況だけど」

私の監禁状況を心配して言ったんじゃないの？

リリアはため息をつき、私の手をとった。

「マリア、ふざけている場合ではないの。どうか落ち着いて聞いてちょうだい」

「え、う、うん」

真剣なリリアの表情に、私も思わず背筋を伸ばした。

「先日、ダールベス侯爵家で養女を迎えられたって話はしたわよね。王宮で会った、あの黒髪の女性よ、覚えているでしょう？　……ダールベス侯爵家では、その養女、クロエ様こそが本物の聖女だと主張されているの。王宮はいま、ハチの巣をつついたような騒ぎになっているわ。聖女が同時代に二人も現れるなど、あり得ないことだもの」

「え」

私は目を瞬いた。

「……聖女？」

「そうよ」

「クロエ様が？」

「そうよ、しっかりしてちょうだい、マリア」

じれったそうに私の手を握り、リリアが言った。

「言ったでしょう？　『彼女こそが本物』と主張していると。つまりダールベス侯爵は、あなたを偽者と言っているのよ！」

リリアの言葉に、私は動揺した。

「え、ど、どうしよう？　私、謝罪してフォールに逃げたほうがいいかな？」

「バカ言わないで！」

リリアにまでバカって言われた！

ショックで固まる私に、

「王家はダールベス家の聖女を認めていないし、変わらずあなたを聖女として支持されているわ。当たり前よ、私だってあなたの祝福の光を見たんだもの。……でも、ダールベス侯爵は危険よ。エリシャの件もあるわ。エリシャに闇の禁術をかけたのがダールベス侯爵家の養女、クロエ様なら、恐らく狙いはあなたよ。宮廷を内部から取り込んで、あなたに対する王家の支持を撤回させるつもりだったのか、……あるいはもっと恐ろしい目論見があるのかもしれない」

「えええ」

リリアは周囲を見回すと、私の耳元に顔を寄せ、ささやいた。

「わたしが今日、ここに来たのも、王妃殿下のお言いつけがあったからよ。マリア、気をつけてちょうだい。デズモンド伯がいろいろと手を打っていらっしゃるようだけど、それだけであなたを守り切れるかどうか、わからないわ」

な、なんか物騒なこと言われてる気がする。

ていうか、聖女？　リリアじゃなくて、クロエ嬢が？

えっと、私が偽聖女で、リリアが本物の聖女だから……、クロエ嬢も、やっぱり偽聖女になるんだよね？

なんで偽聖女が二人も？　小説では、偽聖女は私一人だけだったと思うんだけど。

どういうことなんだ。現実と小説の内容が違うものになるのは、私としては歓迎だけど、この違いはどういう未来につながるんだろう。

それに、いったいダールベス侯爵は何をたくらんでいるんだ。いや、十中八九、デズモンド伯爵家が狙いなんだろうけど。しかし、私もそうだが、クロエ嬢も聖女ではない。しょせんは偽聖女で、どうやってウチを陥れようっていうんだ。

私は、一度だけ会ったクロエ嬢を思い出していた。

つややかな黒髪に鮮やかな緑色の瞳の、ちょっとキツめの顔立ちの美女。

可愛らしい方ね、とあの時、クロエ嬢は私にささやいた。

あんな綺麗な人に社交辞令でも褒めてもらえるなんて、なんか照れるなあ。……いやいや、照れている場合ではない！

クロエ嬢はダールベス侯爵家の養女なんだし、間違いなくウチの敵！　敵、なんだけど……、まるでお兄様を女性にしたような、迫力ある美人だったなあ……。

「マリア、気をつけてちょうだいね」

リリアが心配そうに言った。

うん、わかってる、ダールベス侯爵が危険だっていうのは。そのことについては、お兄様にもさんざん言われているし。

私はお兄様のことを思い出し、ちょっと赤くなってしまった。

最後に会った時、お兄様は言っていた。まだ、私からプロポーズの返事をもらっていない、って。

そうだ。ここのところバタバタしてて、お兄様と話していなかったけど、きちんと私の気持ちを伝えなきゃ。私がお兄様をどう思っているのか、プロポーズをどうするのか……。

でも、なんて言えば？　そもそも、お兄様と二人きりになるなんて、考えただけで恥ずかしいんだけど！

『子どもの頃からずっと、おまえだけを想っていた』

ふいにお兄様の告白が脳裏によみがえり、心臓が跳ねた。

祝賀会の夜、夢のように美しい王宮の中庭で、お兄様に抱きしめられて……。

「……マリア？　どうしたの？」

一人百面相をする私を、リリアが不思議そうに見ていた。

番外編

お兄様の新しい制服

「お兄様、騎士団の制服を新調しましょう！」

「……何をいきなり」

お兄様がイヤそうな表情で私を見た。執務室で、今日も次から次へと書類を片付け、私と会話しながらもさくさく仕事を進めている。

お兄様に不満げな顔をされた場合、いつもなら「さようでございますか失礼しました！」と速やかに引き下がっているところだが、今日は簡単にあきらめるつもりはない。

「ミルに聞きました。お兄様は別に、節約のために制服を新調しなかったわけじゃないって」

「別に破れてもいないし、サイズが合わなくなったわけでもない。わざわざ新しくする必要などなかろう」

やはりそういう理由だったか。わかっていたけど、お兄様はファッションに対して清々しいほど無関心だなあ。

「たしかにまだ破れてはいませんけど、お兄様はいつも、何かというと騎士団の制服を着用されてますからね。騎士としてのお仕事の時もですが、宮廷行事なんかも全部、騎士団の制服で通されてるじゃないですか」

「別に問題はない」

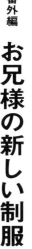

「それだけ制服を使いまくっているのに、ある日いきなり制服が破れて着られなくなったら、どうなさるんです？　困るんじゃないですか？　ていうか、今もうすでに袖口のところ、ちょっと擦り切れてますよね」

お兄様はじろっと私を見た。

「おまえの言いたいことはわかる。……が」

「が？」

「面倒だ」

身も蓋もない返事に、私は思わずその場に崩れ落ちそうになった。

「ちょっとお兄様……」

「それに、時間がない。いちいち店に出向いて寸法を測ったりなんだりと、そんなことに時間を割く余裕などない」

お兄様がいつも仕事で忙しくしているのはわかってるけど、それにしても制服を新調する時間もとれないなんて、ワーカホリックここに極まれりである。

これ以上お兄様と押し問答を続けても勝てる気がしないので、私は自室に戻り、別の策を考えることにした。

うーん。私が言ってもダメならミル……は、今は学院に戻っている。お兄様に制服を新調させるためだけに、ミルを呼び戻すのは申し訳なさすぎる。ただでさえ、私のせいで王宮主催の祝賀会に出席させるなど、ミルには迷惑をかけているし。

考えた末、私は実力行使に出ることにした。

つまり、お兄様は服のために時間を割くことがイヤなのだ。制服を新調すること自体に、反対しているわけではない。

ならば、お兄様に時間を使わせず、わずらわしい思いをさせることなく、制服を作ってしまえばいいのでは？

それなら、きっとお兄様も怒ったりせず、新しい制服に袖を通してくれるだろう。

よし、と私は計画を立て始めた。

なんだかんだいって、私やミルが平和に毎日を過ごせているのは、間違いなくお兄様のおかげだ。制服を新調するくらい些細なことだけど、お兄様のために、ほんのちょっぴりでも役に立ちたかったのだ。

次の日、朝早くからお兄様はリーベンス塔へ向かった。未だに私たちを襲撃した者たちの取り調べが続いているのだ。

ということは、今日もお兄様は王宮でお仕事ということになる。

「馬車を用意してくれる？　王城直属騎士団に用があるの」

王城直属という名前ではあるが、お兄様の所属する騎士団の本拠地は、王宮から少し離れた場所にある。王宮にも部署はあるが、王宮警護の任務についているのは近衛騎士団であり、お兄様が所属している王城直属騎士団は、遠征などにも対応しやすいよう、街道にほど近い王都近郊にその本拠地があるのだ。

よって、私が騎士団を訪れても、本日王宮にいるお兄様に知られることはない。また、知られたところで、お兄様本人が『何かあれば騎士団に連絡を寄越せ』とおっしゃっていたのだ。私を送り出す屋敷の使用人たちが咎められることはない。よしっ、完璧だ！

ただ、私は王城直属騎士団に顔を出したことが、一度もない。家族に騎士がいる友達は、よく差し入れなどを持って騎士団を訪れていると聞くが、以前から私が騎士団にお邪魔しようとすると、なぜかあれこれ理由をつけて、お兄様に阻止されてしまうのだ。

……私みたいな、これといって優れたところのない、凡庸な妹がいるって、同僚に知られたくないのかな……。そう思うと凹むが、騎士団に長居をするつもりはないし、別にお兄様に迷惑をかけることにはならないだろう。

そう思い、王城直属騎士団を訪れたのだが。

「あれ、お嬢さん、デズモンド伯爵家のお使いかい？　この馬車は伯爵家のものだろ？」

騎士団の入口で馬車を下りた私に、門番の騎士が気さくに声をかけてくれた。馬車の扉に描かれた、家紋に気づいてくれたのだろう。

「はい、デズモンド家のマリアと申します」

しかし、私がそう答えるや否や、門番の態度は一変した。

「え、……は⁉　え⁉　マリアって……、え⁉　あ、あんた、レイフォールド様の妹⁉　あの聖女の……」

「……いや、えっと……、そうです、けど」

実は偽聖女なんですよー、とも言えず、曖昧に笑って答えたのだが、なぜか門番は、まるで私が爆弾でもあるかのように後ろに飛びすさり、恐怖の目でこちらを見た。

「あのぅ……、騎士団の輜重《しちょう》兵科にご案内願いたいのですが……」

兵站から制服まで、あらゆる物資を管理する科の名前を告げると、

「あ、え、待って待ってください、動かないでそのまま！　いい今、団長をお連れしますからそのままで！」

……なに。いったいどういうこと。

戸惑いながらも、門番に言われた通りその場にとどまっていると、

「団長、こちらです！」

門番に先導され、王城直属騎士団団長が現れた。

「おお、レイフォールドの妹御か。よう来られたな」

髪は真っ白だが、かくしゃくたる足取りで、団長が私の前までやって来た。

「ご無沙汰いたしております」

私は慌ててドレスの裾をつまみ、お辞儀をした。

お兄様が王城直属騎士団に入団が決まった際、団長がわが家を訪問されたことがあるから、私も一度、挨拶をした程度だけど、かろうじて面識はある。

しかし、なんでわざわざ騎士団長を引っ張ってきたのか。

私の疑問をよそに、騎士団長はにこにこしながら私に腕を差し出した。

「聖女にわが騎士団を案内できるとは、団長冥利につきる。長生きはするものよ」

ハハ、と楽しげに笑う様子に、私はちょっと申し訳ない気持ちになった。

たしかに今は、なぜか体に神力が宿っているから、聖女と言っていいのかもしれない……けど、これはあくまで暫定的な状態だ。いつ、まるっと神力が失われるかもわからない。なんせ私は『偽聖女』とはっきり小説に書かれていた存在なわけだし。

「あの、騎士団長にわざわざご案内いただくのは……。輜重兵科にちょっと用事があっただけですので」

「そうかそうか、輜重兵科にどういった用向きで？」

半ば強引に私の手をとり、騎士団長は城のような建屋に入っていった。ちらりと見えた渡り廊下の先にある広々とした土地、あれが恐らく練兵場で、隣接したコの字型の建物は、たぶん単身者や遠方出身の騎士のための宿舎だろう。

私はお兄様や友人から聞いた話を思い出しながら、騎士団長に案内されるまま足を進めた。

「あの、おに……、兄の制服なのですが」

私はかいつまんで、騎士団を訪れた理由を騎士団長に説明した。

「そういうわけで、兄の制服を新調したいのです。前回は騎士団から支給されておりますので、その際測った寸法などの記録が残っているかと思いまして」

「その通りだ。……しかし、前回よりレイフォールドはいささか体の厚みが増しているだろう。筋肉が増えているからな」

「え、そうなんですか？」

お兄様、サイズは合ってるみたいなこと言ってたけど、実際はキツキツだったのだろうか。ほんとに仕事以外は面倒くさがりというか、どーでもいいと思っているんだなあ。

「まあ、元々制服は大き目に作っているから、窮屈ということもないだろうが。せっかく新調するのならば、もう少し体に合ったものにしたほうがよかろう。ふむ、ならば、わしが寸法を手直しするか」

「エッ⁉」

私は驚いて騎士団長を見上げた。いや、なんで騎士団長がそんなお針子みたいなことを。

しかし騎士団長は、当然のように言った。

「わしはよくレイフォールドと取り組みをするからな。あれの体の大きさは把握している。……相手の腕や足の長さ、筋肉の付き方などを知らねば、戦うに不利であろう。相手がレイフォールドのような手練《てだ》れならば尚更だ」

「そ、そういうものなんですか……」

「力だけなら、まだわしもレイフォールドに負けておらぬと思うが、何せあやつは素早いからな。しかも、魔術まで使いおる。まったく厄介な相手よ」

「へー」

お兄様が強いことは知っていたけど、このお方は王城直属騎士団の団長、つまりはリヴェルデ王国一の騎士である。そんなお方に、ここまで言ってもらえるとは。

「おに……、兄は、その、騎士団ではどんな様子でしょうか？　親しくしている方などはいるのでしょうか」

騎士団長の気さくな雰囲気に、私は常々知りたかったことを聞いてみた。仕事関係でたまに騎士が屋敷を訪れることはあるが、お兄様の友達らしき人など、今まで誰一人として見かけたことがなかったからだ。

「親しく……」

だが、騎士団長は難しい顔つきになってしまった。

「レイフォールドは、まあ……、あれだけ強い上に頭もキレるとなると、なかなか対等な相手が見つからんのだろうな。レイフォールドを相手にして、卑屈にならずに済むのは王太子殿下くらいのものだろう。それに、あれは血筋のこともあって、そう簡単には他者に心を許せぬのだろうよ」

……婉曲な表現をしてくださっていますが、つまりお兄様は、騎士団の中にあってもぼっちだと、そうおっしゃっているのですね……。聞かなきゃよかった。

「それにレイフォールド自身、他者に興味がないようだからな。あれは清々しいほど、己の大切なもの以外、目を向けようとせん。レイフォールドにとって大切なのは、お嬢さん、あなたとあなたの弟君だけだ。あとは、まあ、亡くなられたデズモンド伯とその細君か」

騎士団長の言葉に、私は少し悲しい気持ちになった。私とミルはともかく、両親に対するお兄様の気持ちは、常に罪の意識と隣り合わせにあるからだ。

「兄は、責任感が強いので」

私がそう言うと、騎士団長は首を横に振った。

「責任感だけの問題ではないだろうな。……あれは、自分の大切なものを誰にも渡さぬよう、檻の中に閉じ込めてしまうような、……なんと言うか、少し危ういところがある。ちと心配だったのだが、いや、しかし今日は安心したよ。レイフォールドだけではなく、お嬢さんもあれを大切に思ってくれているのだな」

よかったよかった、とにこにこしている騎士団長に、私はなんともいえない気持ちになった。

お兄様、職場の上司に監禁の性癖を心配されてたんだ……。しかもその心配、当たってしまってるんですけど……。

「さあ、むさ苦しいところだが、入ってくれ」

騎士団長が案内してくれたのは、なぜか団長の執務室だった。そこで団長は従騎士を呼び、言った。

「レイフォールドの採寸表を持ってくるよう、輜重兵科に伝えてくれ」

その後、団長は私に執務室のソファをすすめてくれた……のだが、ソファには書類や脱ぎ散らかした服などが散乱している。

「……あの、少しお部屋を整理させていただいてもよろしいでしょうか」

「ああ、こりゃすまん。執務室にやって来るのは騎士ばかりで、お嬢さんのような可愛いお客は滅多とないからな、散らかし放題だ」

騎士団長ともなれば、身の回りの世話を従騎士にさせるのが普通なんだけど。まあ、あまり部屋の中のものを他人に触られたくないって人もいるからなあ。

私は、ソファや床の上に落ちている書類をざっとまとめて騎士団長に渡すと、あとは脱ぎ散らかされた服を拾い、埃を払って丁寧に畳み直した。しばらくすると従騎士がお兄様の採寸表を持ってきたので、騎士団長はそれを机に広げてちょこちょこと手直しを始めた。

そうして二人で黙々と作業を続け、一刻ほど過ぎた頃。

「団長、レイフォールドが塔から戻ってきてますが」

一人の騎士が執務室にやって来て、騎士団長に告げた。

「そうか、早かったな」

騎士団長はフツーに返事をしてるけど、え……、レイフォールドが戻ってきてる、って……、お兄様、ここに来たってこと⁉　え、今日はリーベンス塔に詰めっきりだと思ってたのに！

「あれ、団長どうしたんですか？　可愛いお嬢さんを執務室に引っ張り込んで、何させてるんですか」

私に気づいた騎士が、愛想よく言った。

「お嬢さん、騎士団に何かご用ですか？　よければ俺が案内しますよ」

「おい、やめろ。このお嬢さんは、レイフォールドの妹君だ」

団長の言葉に、騎士が笑顔のまま固まった。

「……え。レイフォールドの」

「そうだ。命が惜しいなら、余計なちょっかいをかけるな」

「失礼いたしました！」

騎士は頭を下げると、光の速さで執務室を出ていってしまった。

「……え、あの……」

「ああ、すまんな。ここのやつらは、お嬢さんのような可愛い女性を見ると、つい構いたくなるんだろう。わしからキツく言っておくから、レイフォールドに何か言うのはカンベンしてもらえんか。お嬢さんにちょっかいをかけたなんて知られたら、レイフォールドに殺されかねんからな」

「……いや……、たしかにお兄様は、小説の中でも『血まみれの闇伯爵』なんて呼ばれてた実績があるけど、でも、私に声をかけたくらいでその相手をどうこうするなんて、さすがにないと思うんですが。

なんと言うべきか、私が言葉に詰まっていると、

「団長！　妹が……」

バン！　と勢いよく扉が開き、何か黒いものが執務室に飛び込んできた。

「マリア！」

……黒いものは、お兄様だった。私に気づき、鬼の形相でこちらに迫ってくる。

「え、お兄様、どう……」

「なぜここにいる！　何をしにきた！」

ガシッと肩をつかまれ、いきなりお兄様に怒られた。

「レイフォールド、いきなりそれはなかろう。彼女は、おまえのためにここに来たのだぞ」

お兄様は騎士団長をちらっと見やると、頭を下げて言った。

「マリアがご迷惑をおかけしました。申し訳ありません」

「あ、も、申し訳ありません」

つられて私も頭を下げると、

「わしは、何も迷惑などかけられておらん。……レイフォールド、おまえは少し、過保護なのではないか？　そのように囲い込まれると、相手は息苦しい思いをするものだぞ」

騎士団長がため息交じりにお兄様に言った。

おお！　お兄様を相手に、堂々と正論を説く勇者がいた！　素晴らしい！　もっと言って、もっと言ってー！

「……これは、家族の問題ですので。マリア、屋敷に戻るぞ」

しかし、たとえ王族であろうと態度を変えないお兄様は、上司の苦言も軽〜く流してしまった。

うん、そんな気はしてた。

「あ、あの、採寸表は……」

「ああ、騎士団の制服を取り扱っている店へ渡して、製作を依頼しておこう。お嬢さんは心配しなくていい」

「ありがとうございます！　請求書はデズモンド家へまわしてください！」

お兄様に腕を引っ張られながら、私は騎士団長に何度も頭を下げた。

「……どういうことだ？　採寸表とは……、まさかわたしの制服を新調するために、おまえは騎士団に来たというのか？」

デズモンド家の馬車に乗り込むなり、お兄様が言った。

「あの、お兄様の馬は……」

「騎士団に預けた。それより、説明をしろ。……今日、おまえが騎士団に来たのは、わたしの制服を新調するためだったのか？」

「ハイ……」

私は小さくなって頷いた。

お兄様の時間を割くことなく、知らない間に制服を新調しておけば、お兄様にも喜んでもらえると思ったのだが、結局はお兄様の仕事を邪魔する結果となってしまった……。そもそも騎士団長も指摘した通り、お兄様が過保護すぎるという要因もあるが、こうなってしまったのは、やはり私の立てた計画が甘かったせいだろうな……。

私がしょげて下を向いていると、

「……そうか。わたしのために」

お兄様のつぶやくような声とともに、ふわっと何かが頭に触れた。

「えっ」

顔を上げると、お兄様はそっぽを向いて腕組みをしていたけど。でも今、お兄様、頭を撫でてくれた？

「手間をかけたな」

小さな声で、お兄様が独り言のように言った。横を向いたままだけど、耳が真っ赤になっている。それを見て、私は思わず笑ってしまった。

「……なにを笑っている」

不機嫌そうに睨まれ、私は騎士団長にも手伝って真面目な表情を作った。

「いえ。……あの、騎士団長にも手伝っていただいたんです。二年前に比べて、お兄様は筋肉がついたからサイズも変わっているだろうって、そうおっしゃって」

「そうか、騎士団長が」

「お兄様のこと、いろいろと気にかけてくださっているんですね」

お兄様は複雑そうな表情になった。

「まあ……、騎士団長は変わったお方だからな。ダールベス侯爵とも距離をとっているゆえ、信用はできるが」

お兄様に変わり者呼ばわりされるとは、騎士団長も気の毒に。

「制服、いつ頃出来上がるでしょうか」

「さほどかからぬと思うが。十日もあれば仕上がるだろう」

騎士団の制服は、王宮御用達の店で毎回発注しているので、それ専門の職人がいるそうだ。そのため、通常よりもかなり早く出来上がるのだという。

「楽しみですね！」

「……いま着ている服と何も変わらぬぞ」

お兄様は仏頂面のままだけど、私は何だか嬉しかった。

結果的にお兄様の仕事の邪魔をしてしまったかと思ったけど、お兄様は喜んでいるみたいだ。些細なことだけど、私でもお兄様の役に立つことができたのかな。

……騎士団長がおっしゃっていた、お兄様が騎士団でもぼっちだったという悲しい事実は、聞かなかったことにしておこう、うん。

それから数日後、お兄様の言っていた通り、新しい制服が仕上がって屋敷に届けられた。

「お兄様、制服が届きましたよ！」

夜も更けていたが、私はお兄様が帰宅したと聞いて、お兄様の執務室に足を運んだ。

「マリア。まだ起きていたのか」

「制服が届いたので、お兄様にお渡ししようと思って！」

「……そうか」

お兄様はかすかに微笑んだ。

「ちゃんと採寸したわけじゃないから、もしかしたらどこか窮屈だったりするかもしれないので、一度着て確認してみてくださいね」

「ああ」

私はお兄様に背を向け、ソファの上に制服の入った箱を置いた。すると後ろで、バサッと何かを放り投げるような音が聞こえた。

「お兄様？　なに……」

私は振り返り、そのまま固まった。

上着を執務机に置き、シャツを脱ぎかけた半裸の状態で、お兄様が立っていたからだ。

「ぅお！　ちょっとお兄様！　何してるんですか！」

私は思わず、制服の入った箱をお兄様に投げつけてしまった。

「何をする」

箱を受け止め、珍しく驚いたような表情でお兄様が言ったけど、それどころじゃない！

「なっ、ななんで裸……、ちょっと服！　服着てください！」

「……は？」

お兄様が不思議そうな表情で私を見た。

「……おまえが、制服を着て確認しろと言ったのではないか。それに、上着を脱いだだけだ。別に裸というわけでは」

「いま着替えろっていう意味じゃありません！」

もうもう、信じられない！　裸じゃないって、お腹見えてるんですけど！　ていうか、私も一応年頃の娘だというのに、その前で平気で服を脱ぐお兄様の神経が信じられない。デリカシーのなさには定評のあるお兄様だけど、それにしてもひどすぎる！

これ以上、半裸のお兄様と向き合っているのが恥ずかしすぎたので、私は急いで扉へと足を向けた。だが、慌てたせいで足がもつれ、ドレスの裾を踏んでつんのめってしまった。

「っ！」

扉に頭が激突する、と思った瞬間、がしっと腰をつかまれた。

「……大丈夫か」

「…………………」

私のお腹に、背後から腕が回されている。お兄様に抱きしめられている！

お兄様と密着した状態になり、私はピキッと固まった。

いや、いやいや、これは事故、単なる事故。転びそうになった私を、お兄様が支えてくださっただけ！

「だっ、だだだだいじょうぶ……、です……」

「マリア」

「あ、あのあの、後で、あの、後で着替えてください！　サイズが合わなかったら、また直してもらいますので！」

「ああ」

私を抱きしめるお兄様の腕に、ぎゅっと力が入ったのを感じて、私はもう、心臓が爆発しそうだった。

くるりと体を反転させられ、お兄様と向かい合う。いつも退廃的耽美的な雰囲気ただようお兄様だけど、半裸状態の今、いつにも増して色気がすごい。これはもう犯罪レベル。

「……マリア」

お兄様の顔が近づいてくる。頬にお兄様の黒髪がさらりとかかり、私は思わず瞳を閉じた。

だが、

「……おまえは、そそっかしすぎる。足元に気をつけろと、いつも言っているだろう」

まさかのお説教だった。

「ハイ……」

私もなにをドキドキしてたんだ。お兄様のお腹から目をそらし、私は一歩後ろに下がろうとした。

けれど、

「マリア」

ちゅっ、と音をたてて額にキスを落とされ、私は再び硬直した。

「えっ……」

「今回の件は……、黙っていたことは問題だが、わたしに負担をかけまいとしてくれたのだろう。その気持ちを嬉しく思う。つまり……、ありがとう」

顔を上げてお兄様を見ると、耳だけじゃなくて目元もほんのり赤く染まっている。

「……あの」

「もう部屋へ戻れ」

「あの、最後のほう、よく聞こえなかったので、もう一回言っていただいても」

「あまり調子に乗るなよ」

ぎろりと睨まれ、私は速やかに逃げることにした。

「それでは失礼いたしますお休みなさいお兄様！」

「ああ」

扉に手をかけ、お兄様をちらりと見やると、再びシャツに手をかけ、肩から落とそうとしていた。

私は慌てて扉を閉め、部屋に戻った。

……そういえば、行軍中は外で着替えることもあるって聞くし、基本的に他人の目を気にしないお兄様にとって、着替え程度でワーワー騒ぐ私のほうが「なんで？」って感じなのかもしれない。

そうは言っても、お兄様には女性に対する気遣いというものがなさすぎると思う。まあ、そこら辺も含めて、いかにもお兄様らしいって気もするけど。

翌日、お兄様は新調した制服を着用していた。サイズはぴったりだったみたいだ。制服を着たお兄様はいつもかっこいいけど、さらに足が長く、スラッとして見える。

「それでは行ってくる。何かあれば騎士団に使いを寄越せ。……が、おまえ本人ではなく、必ず誰か、使用人を寄越すように」

いつもより一言注意が多くなったが、どことなく上機嫌な様子でお兄様が言った。

自分の職場に、あんまり身内に来てほしくないという気持ちは、なんとなくわかる。しかし、

「あの、騎士団長や皆さまに、お礼を申し上げたいのですが」

私はお兄様を見上げ、訴えた。

今回の件ではご迷惑をかけてしまったし、何か差し入れでも持っていってお礼を伝えたいと思ったのだが、

「その必要はない」

お兄様にスパッと断られた。

「騎士団長はともかく、他の奴らは信用ならん。おまえが優しくすれば、つけ上がって何をするかわからんからな」

ひどい言いよう。一応、毎日一緒に働いている同僚の皆さんに対して、それはあんまりな評価なのでは。

「……お兄様、騎士団の皆さまと仲良くなさってくださいね」

少しでも、職場におけるぼっち状態を改善してくれればと思って言ったのだが、

「仲良く？　騎士の奴らと馴れ合ってどうする。そんな必要などあるまい」

一言で斬って捨てられた。

必要っていうか……。うん、まあ、お兄様だしな。そう言いそうな気はしてた。

屋敷を出るお兄様を、私は手を振って見送った。朝日を浴びて騎乗するお兄様は、まるでおとぎ話の王子様のようにかっこよかった。まあ、中身は王子様というより魔王様なんだけど。

お兄様を見送りながら、私は少し考えに沈んだ。

はっきり言って、お兄様の性格は、前世で読んだ小説のものと大差ない。

無愛想で、言葉足らず。そこにいるだけで、人を恐怖に陥れてしまう闇伯爵様だ。他人に誤解されることも多い……というか、誤解ではなく真実だったりすることもあるから、ちょっとややこしいんだけど。

でも、私の知るお兄様は、とても優しく家族思いで、愛情深い人だ。

小説の中では、自らの手で私を斬り殺す冷酷な死刑執行人だけど、でも、どうしても嫌いにはなれない。今の私にとって、お兄様はかけがえのない、大切な人だ。

この気持ちがどういう種類の『大切』なのか、まだ自分の中で答えは出ない。でも、とりあえず今は、大切な家族として傍にいたいと思う。

不器用で過保護で、頼りになって、ちょっと……、いやだいぶコワいけど、でも、それでも大好きで、大切な人。

それが、私のお兄様だ。

character design
マリア

character design
レイフォールド

character design
ミル

character design
リリア

異世界でお兄様に殺されないよう、精一杯がんばった結果

①

アリアンローズ 既刊好評発売中!!

最新刊行作品

公爵令嬢は我が道を場当たり的に行く ①～③
著／ぽよ子 イラスト／にもし

嫉妬とか承認欲求とか、そういうの全部捨てて田舎にひきこもる所存 ①～②
著／エイ イラスト／双葉はづき

忙しすぎる文官令嬢ですが無能殿下に気に入られて仕事だけが増えてます ①～②
著／ミダ ワタル イラスト／天領寺セナ

死に戻り令嬢は憧れの悪女を目指す ①～②
～暗殺者とはじめる復讐計画～
著／まえばる蒔乃 イラスト／天領寺セナ

傲慢令嬢と腹黒貴公子の、打算から始まる騙し騙され恋模様 ①
著／ほねのあるくらげ イラスト／八美☆わん

サイコな黒幕の義姉ちゃん ①
著／59 イラスト／カズアキ

世にも奇妙な悪辣姫の物語 ①～②
著／玉響なつめ イラスト／カズアキ

警告の侍女
著／河辺螢 イラスト／茲助

異世界でお兄様に殺されないよう、精一杯がんばった結果 ①
著／倉本 縞 イラスト／茶乃ひなの

コミカライズ作品

ロイヤルウェディングはお断り!
著／徒然花 イラスト／RAHWIA

悪役令嬢後宮物語 全8巻
著／涼風 イラスト／鈴ノ助

誰かこの状況を説明してください! ①～⑨
著／徒然花 イラスト／萩原 凛

魔導師は平凡を望む ①～㉝
著／広瀬 煉 イラスト／⑪

転生王女は今日も旗を叩き折る ①～⑨
著／ビス イラスト／雪子

侯爵令嬢は手駒を演じる 全4巻
著／橘 千秋 イラスト／蒼崎 律

復讐を誓った白猫は竜王の膝の上で惰眠をむさぼる ①～⑧
著／クレハ イラスト／ヤミーゴ

婚約破棄の次は偽装婚約。さて、その次は……。 全3巻
著／瑞本千紗 イラスト／阿久田ミチ

聖女になるので二度目の人生は勝手にさせてもらいます ①～③
～王太子は、前世で私を振った恋人でした～
著／新山サホ イラスト／羽公

転生しまして、現在は侍女でございます。 ①～⑪
著／玉響なつめ イラスト／仁藤あかね

魔法世界の受付嬢になりたいです ①～④
著／まこ イラスト／まろ

どうも、悪役にされた令嬢ですけれど 全2巻
著／佐槻奏多 イラスト／八美☆わん

王子様なんて、こっちから願い下げですわ! 全2巻
～追放された元悪役令嬢、魔法の力で見返します～
著／柏てん イラスト／御子柴リョウ

婚約破棄をした令嬢は我慢を止めました ①～③
著／棗 イラスト／萩原 凛

裏切られた黒猫は幸せな魔法具ライフを目指したい ①～②
著／クレハ イラスト／ヤミーゴ

明日、結婚式なんですけど!? 全2巻
～婚約者に浮気されたので過去に戻って人生やりなおします～
著／星見うさぎ イラスト／三湊かおり

聖女に嘘は通じない
著／日向夏 イラスト／しんいし智歩

身代わり伯爵令嬢だけれど、婚約者代理はご勘弁! ①～②
著／江本マシメサ イラスト／鈴ノ助

身代わりの生贄だったはずの私、凶犬王子の愛に困惑中 ①～②
著／長月おと イラスト／鳥飼やすゆき

リーフェの祝福 ①～②
～無属性魔法しか使えない落ちこぼれとしてほっといてください～
著／クレハ イラスト／祀花よう子

X
「アリアンローズ／アリアンローズコミックス」
@info_arianrose

TikTok
「異世界ファンタジー【AR/ARC/FWC/FWCA】」
@ararcfwcfwca_official

その他のアリアンローズ作品は https://arianrose.jp/

異世界でお兄様に殺されないよう、精一杯がんばった結果　1

＊本作は「小説家になろう」（https://syosetu.com/）に掲載されていた作品を、大幅に加筆修正したものとなります。
＊この作品はフィクションです。実在の人物・団体・事件・地名・名称等とは一切関係ありません。

2024年10月20日　第一刷発行

著者 ………………………………………… 倉本 縞

イラスト ………………………………………… 茶乃ひなの
発行者 ………………………………………… 辻 政英
発行所 ……………………… 株式会社フロンティアワークス
〒170-0013　東京都豊島区東池袋3-22-17
東池袋セントラルプレイス5F
営業　TEL 03-5957-1030　FAX 03-5957-1533
アリアンローズ公式サイト　https://arianrose.jp/
フォーマットデザイン ……………………… ウエダデザイン室
装丁デザイン ……………………………… ウエダデザイン室
印刷所 ……………………………… シナノ書籍印刷株式会社